SE COM PÉTALAS OU OSSOS

Título:
Se com Pétalas ou Ossos

Autor:
João Reis

Revisão:
Inês Castelhano

Capa: Edições Almedina

Imagem de capa © Ana Rocha

Biblioteca Nacional de Portugal – Catalogação na Publicação

REIS, João, 1985-

Se com pétalas ou ossos
ISBN 978-989-9027-23-7

CDU 821.134.3-31"20"

Depósito Legal: 479289/21

Paginação: Aresta Criativa – Artes Gráficas

Impressão e acabamento:
ACD Print, S.A.
para
Minotauro
fevereiro de 2021

MINOTAURO, uma chancela de Edições Almedina, S.A.
LEAP CENTER – Espaço Amoreiras – Rua D. João V, n.º 24, 1.03
1250-091 Lisboa – Portugal
e-mail: editoras@grupoalmedina.net

João Reis

SE COM PÉTALAS OU OSSOS

MINOTAURO

À minha avó.

Porque nos tornamos escritores antes de o sermos.

The human mind is a human mind only when it searches for the mistakes of humanity.

Old Masters, Thomas Bernhard

Life's but a walking shadow, a poor player
That struts and frets his hour upon the stage
And then is heard no more. It is a tale
Told by an idiot, full of sound and fury
Signifying nothing.

Macbeth, William Shakespeare

I

Estava calor, e o carro da polícia continuava estacionado debaixo da árvore, que era, para ser mais preciso, um álamo coreano, segundo me afiançara a minha supervisora.

Da janela da minha sala, de onde não me afastava há meia hora, tinha visto os dois polícias saírem do carro. Eles demoravam-se no rés do chão e, apesar de ter sede, não ganhava coragem para me deslocar até ao quarto de banho, a fim de aí encher um copo de água. Assim, o tempo decorria e perdia oportunidades, a cada instante desperdiçava uma oportunidade para trabalhar. Esbanjava os minutos a vigiar o pátio e as viaturas aí estacionadas, tanto a da polícia quanto as dos funcionários da residência, um total de seis viaturas: cinco carros e uma motorizada de baixa cilindrada. Como não aprecio veículos motorizados, e muito menos observá-los, a minha apatia era deveras abjeta.

Decidi agir e fui até ao quarto. Peguei no comando do ar condicionado, ajustei a temperatura, o aparelho zumbiu e não me aliviou. O responsável por tal contrariedade foi o aquecimento instalado no soalho, o piso radiante tornava a atmosfera pesada com tanto calor, e a verdade é que ligava o ar condicionado e abria as janelas sem lograr arrefecer o apartamento, já que não conseguia diminuir a potência do sistema de calefação. Premia os botões no dispositivo que, embutido na parede, controlava a temperatura do soalho, e os números no visor do aparelho baixavam, 29, 28, 24, 19, 17, mas era um esforço inglório e inclusive uma vergonha para as minhas capacidades intelectuais, pois, se optasse por reduzir a temperatura do piso radiante de 23 para 17 graus celsius, o que amiúde fazia, era certo que, ao regressar ao quarto, o aparelho indicaria 24 ou 25 graus celsius. Ainda assim, persisti na minha intenção e reduzi a temperatura do sistema de aquecimento antes de abandonar o meu pequeno apartamento, situado no primeiro andar do edifício conhecido como Casa Lótus. Tranquei a porta e pressionei várias vezes o puxador, de modo a garantir que a porta do apartamento estava bem fechada. Percorri o corredor, calcei-me no átrio, saí e desci as escadas externas até ao rés do chão.

Entrei então na área reservada aos funcionários da residência — um vestíbulo que, por meio de um corredor, dava acesso à cozinha, à sala de conferências e, em última instância, à lavandaria. Descalcei-me, pus as botas no meio de todo o restante calçado e, alguns passos depois, estaquei diante da secretaria, cuja porta estava aberta. Os funcionários ergueram a cabeça e olharam para mim, os dois polícias também me fitaram.

— Bom dia — disse-lhes eu.

Os funcionários retribuíram a saudação e os agentes da polícia não disseram nada. A Gyu-ri, a minha supervisora, levantou-se, alisou a camisa e acercou-se de mim.

— Bom dia. Vou até lá fora, acompanho-o — disse-me ela, e tartamudeou algo ininteligível aos colegas, pegou num maço de cigarros e parou por um instante. Não se calçou no vestíbulo nem se abeirou da porta de saída. Ao invés, seguiu-me. Caminhámos lado a lado, pelo corredor, em direção à cozinha. — Como lhe corre a escrita?

No fundo do corredor, asseverei-lhe de imediato que me era impossível escrever naquelas condições, estava demasiado calor para escrever. Era-me fisiológica e mentalmente impossível criar. Ela não fez comentários.

Na cozinha, deparámos com a escritora mal-encarada, que tromba! Grunhi quando lhe vi a carranca, desisti de beber água e abandonei a divisão. A Gyu-ri, por seu lado, cumprimentou a mulher e acompanhou-me até à lavandaria, onde parei para pensar no que fazer em seguida. A lavandaria tinha, além da porta que dava para a sala de conferências, uma outra, de acesso direto ao exterior. A Gyu-ri abriu a que dava para o exterior e convidou-me a acompanhá-la enquanto fumava um cigarro.

— Venha, Rodrigo — incitou.

Continuei imóvel.

— Não quer vir? — perguntou, enquanto segurava a porta do lado de fora.

Pigarreei para lhe chamar a atenção, ela deteve-se, pigarreei de novo e, dessa vez, apontei para os meus pés. Ela observou-os com atenção e logo apontou para uns chinelos de plástico que ali estavam — vários pares de chinelos, e de cores diferentes. Calçámo-los, ela um par, eu outro par, os chinelos dela amarelos, os meus, azuis translúcidos, de um azul que, conforme a luz, adquiria tons verdes, depois saímos da lavandaria e subimos os degraus de cimento até ao carreiro de terra batida.

— Está muito calor — disse eu.

— Oh, não está calor — disse ela.

Na Coreia, aquele tempo não era quente, só moderadamente quente, segundo ela. Para eles, coreanos, aquele tempo não era quente, porque consideravam tal temperatura tão-só mediana. Eu transpirava quando nos deslocámos até ao jardim, ela talvez transpirasse, é possível que transpirasse, embora não cheirasse a suor, ou o cheiro a suor não me alcançava, apesar da curta distância, e enquanto caminhávamos ela acendeu um cigarro, e prosseguimos, pelo carreiro, até ao segundo edifício, a dita Casa Grou, situado nas proximidades do pequeno anfiteatro ao ar livre. A Gyu-ri discorreu, então, acerca da primavera e perguntou-me se o meu país era frio, porque pensava que era um país, de facto, bastante quente. Expliquei-lhe que era muito quente no verão e não tanto quanto a Coreia no início de maio, por conseguinte, não estava habituado a um clima tão agreste, e aquele calor afetava a minha capacidade criativa. Na verdade, deveria ter-lhe dito que a minha frustração literária não se devia somente ao calor, mas também a constrangimentos externos, tal como o telefonema que recebera na véspera. Um dos *meus* editores, neste caso o assistente, não o editor-chefe, ligara-me para me informar de que se aproximava o prazo de entrega do meu novo livro. Como se eu não o soubesse! Bom, sim, com certeza, estava tudo controlado, dentro das metas preestabelecidas por mim. A escrita do romance seguia conforme os meus planos, dissera-lhe eu, conquanto tivesse escrito apenas quatro páginas do livro, quatro páginas e não duzentas. O meu editor queria duzentas ou mais, a fim de o romance ter um peso consistente com a sua qualidade técnica. Mas, a dez mil quilómetros de distância, o editor não tinha forma de espiar o meu trabalho, de me apanhar num deslize. Bastava que entregasse tudo em data adequada e, de facto, pretendia entregar o trabalho na data o mais adequada possível. Não me coibia sequer de me arriscar um pouco e de, em plena consciência, adiar a entrega da obra um par de dias, até chegar a uma *data adequada*, se isso me parecesse o mais propício à posterior revisão do livro. A Gyu-ri continuou a falar e a fumar e, nesse momento, pareceu-me ter tomado a decisão certa ao referir apenas o calor, seria impossível explicar-lhe por que motivo não conseguia escrever. Ela jamais entenderia a pressão causada pelo reconhecimento da obra prévia, porque, enfim, eu era reconhecido, apenas por meia dúzia de pessoas, é certo, contudo, reconhecido, os três livros que já publicara pesavam-me nos ombros, arrastavam-me para baixo, secavam-me, e, claro, havia também a pressão da miséria, apostara tudo na escrita e vendia pouco, pouquíssimo, nem à família conseguia vender livros e a penúria estava à espreita, oh, céus!, imaginava côdeas de pão seco ao almoço, ao jantar, por vezes ao pequeno-almoço, as possíveis degradação e pobreza que se abateriam sobre mim atormentavam-me, as poupanças terminariam em breve. Não, a Gyu-ri não imaginava a minha aflição, jamais me compreenderia, se me queixasse, ouvir-me-ia com desdém e incredulidade, pensaria que há outros sofrimentos mais atrozes, a cada um a sua dor! As pessoas, no fundo, não compreendem as amarguras alheias. Certas pessoas dizem-se empáticas e solidárias quando, na verdade, ninguém compreende outrem na sua dor, sobretudo quando não se trata de uma dor física ou de uma desgraça palpável. Se eu, pelo menos, já passasse fome, ou morasse na rua, se tivesse uma doença venérea, se fosse zarolho ou manco, se os meus pais vivessem presos à cama e chafurdassem na própria urina e tivesse de os visitar ao fim de semana, a minha dor seria uma dor aceitável, assim, era uma dor inaceitável, pois, apesar de me encontrar em circunstâncias tão satisfatórias, sentava-me à mesa e não escrevia nada, nem uma palavra, bastava sentar-me à mesa da sala para logo começar a bocejar e me sentir indisposto. Pegava num livro, folheava-o, ia à janela, ouvia música, mas escrever é que eu não escrevia, e a verdade é que estava ali para escrever, para tal me haviam disponibilizado o apartamento durante um mês e pago o voo até Seul. A obra está quase concluída, dissera eu ao editor, mais um dia ou dois e está pronta. Ele estava longe... não via nada... a tecnologia tem os seus limites... Desde que o dispositivo de controlo da temperatura do piso radiante não tivesse uma câmara oculta e o editor me visse esparramado na cama ou a espolinhar no chão... com a cadeira diante do computador vazia... sim, estaria salvo se ele não me espiasse, se eu não fosse vítima de uma traição pérfida da tecnologia. E, claro, fora-me também útil, como desculpa, o facto de pagar para receber chamadas na Coreia. Havia desligado o mais depressa possível. Dissera-lhe que a chamada me estava a custar uma fortuna e desligara.

— O tempo está a mudar — disse a Gyu-ri.

— Acha que sim?

— Sim, está a mudar, tenho a certeza.

De olhos fixos em mim, a Gyu-ri afirmou que não tardaria a chover e a arrefecer. Insistia em falar do tempo enquanto me fitava. Muito apreciaria ler-lhe a mente. Não tinha razões para me observar assim; sorria e não desviava o olhar e, de minha parte, tornava-se-me difícil discernir-lhe as feições, porque se levantara um vento abrasador e incomodativo. A ventania arrastava uma película opaca de areias do deserto misturada com poluição atmosférica, partículas minúsculas de combustão, gases tóxicos, e os contornos em meu redor esbatiam-se. Fiquei estonteado e quase perdi o equilíbrio. Por sorte, algo me prendeu à terra, sim, ali estava uma coisa que poderia, querendo, agarrar: encontrávamo-nos defronte de um arbusto ressequido, que decerto não via água há meses. Os jardineiros e os porteiros esperavam, sem dúvida, os grandes aguaceiros da estação e, assim, a planta amarelecia. O jardim estava aberto ao público todos os dias úteis, qualquer habitante ou visitante da cidade poderia transpor o portão em dias úteis e usufruir do jardim e de alguns espaços comuns da residência, incluindo uma pequena biblioteca com mesas e cadeiras sempre livres e uma máquina de café, mil *won* por um café, colocava-se a nota ou as moedas numa caixinha de vidro e víamo-las acumularem-se, empilhadas umas sobre as outras, premia-se o botão da máquina e tirava-se um café, tudo com base na *honestidade* do visitante, ao passo que a água era, como sempre, gratuita. Qualquer visitante constataria que o arbusto definhava enquanto os escritores se fechavam nos seus quartos e os funcionários se riam à gargalhada na secretaria, um escândalo, para mais com água gratuita, um só escritor empenhado poderia encher copo atrás de copo para regar o arbusto, mas ninguém o fazia, era vergonhoso. Contudo, os interessados na visita eram escassos e não há que censurá-los, se se tivesse em conta o mencionado arbusto seco, ao longe, o jardim aparentaria uma verdura saudável, por outro lado, de perto, via-se como as folhas do arbusto estavam amarelas, um cenário pouco convidativo para os eventuais visitantes, sem falar na vizinhança, no bairro de Yeonhui abundavam os passeios irregulares, onde lavavam amêijoas e mexilhões, as amêijoas talvez fossem aceitáveis... mas os mexilhões!... Estragara a mala da minha namorada, desfizera-lhe uma roda num dos passeios públicos, que tanto eram feitos de cimento quanto de pedra, subiam e desciam, adentravam a estrada ou refugiavam-se nos vãos das portas e nas garagens. Os comerciantes usavam-nos como montra dos seus produtos, punham, ao longo da rua, aquários e recipientes cheios de água e moluscos e crustáceos de todo o género, e também peixes e inclusive répteis. Em suma, havia no bairro água suficiente para regar o arbusto, era pura má-fé para com a planta deixarem-na definhar.

A minha supervisora terminou o cigarro e sacou de um segundo, era proibido fumar junto ao anfiteatro, era o que estava escrito em inglês num papel, em inglês e em coreano, eu supunha que a mensagem em coreano seria a mesma, embora não pudesse ter a certeza, e acima das frases em inglês e coreano havia um sinal universal de proibido fumar, uma barra vermelha oblíqua a cortar a meio um cigarro rodeado por um círculo também vermelho, mas pelos vistos a Gyu-ri estava-se nas tintas, o que era duplamente lamentável diante do aviso de proibição bilingue, dado que uma das grandes qualidades — ou talvez a maior, ou a única — de Gyu-ri era falar inglês, ao contrário dos porteiros, esses não falavam inglês, mas entendiam tudo. Quando eu entrava na residência com sacos de plástico e malas e mochilas, os porteiros queriam meter o nariz onde não eram chamados, em particular um deles, o mais metediço, mas ambos inspecionavam tudo até ao último milímetro, não fosse eu trazer a minha namorada na mala, ou então um conhecido, um amigo, ou uma abóbora estrangeira que contaminasse as abóboras coreanas ou erradicasse o melão coreano, que é um misto de pepino e meloa, é isso que o melão coreano é, no fundo. E eu era obviamente um potencial perigo, pois bem, perdiam tempo nestas averiguações e nenhum lhes sobrava para regar as plantas, era compreensível e até lógico, portanto, que o arbusto definhasse. A Gyu-ri ainda perorava, tinha um trejeito curioso quando falava, torcia os lábios, como se os sugasse e em simultâneo os unisse bem cerrados. As suas feições eram agora mais visíveis e exalava um odor a tabaco misturado com perfume de baunilha. O vento envolveu-nos de poeira, abanou as copas das árvores, fê-las restolhar e senti, de súbito, como os pés se me tinham arrefecido, apesar do calor que se fazia sentir, o que era aberrante à primeira vista. Mas não era para menos, com aqueles chinelos abertos. Afinal, os pés arrefecem-me com facilidade, ainda que na época estival e num clima quente e agreste — um fenómeno congénito e anómalo que prejudica a minha imagem, visto ser obrigado a calçar meias grossas na época estival e em climas quentes e agrestes, um pormenor de indumentária *monstruoso* e óbvio para todos, inclusive para a Gyu-ri. A anormalidade desta condição corporal é tal que a temperatura excessiva do piso radiante do apartamento não me incomodaria fosse eu *apenas pés,* nada mais além dos pés, porquanto estes suportavam, sem sofrer, o soalho sobreaquecido. No entanto, convém não abordar nem o meu problema orgânico nem, em geral, a questão dos pés frios em obras literárias. Os editores que publicavam os meus livros, aqueles a quem podia chamar, com justiça, os *meus* editores, diziam que é tema que não vende, eu insistia nos pés frios em livro após livro, porém, o público não quer saber de pés frios para nada. Rodrigo, esqueça os pés frios, sejam eles seus ou não, diziam-me, ninguém quer saber de pés frios, não são um tema que agrade às pessoas, alegavam os meus editores, o chefe e o assistente, os pés são desprovidos de charme e pouco eruditos, são demasiado comezinhos para citações e prémios literários, ninguém ganha prémios nem é louvado em críticas de jornal por abordar tal assunto, este distancia-se dos problemas filosóficos acerca da condição humana e é um problema de somenos, para não dizer confrangedor, somente fetichistas e tarados da pior espécie gostam o suficiente de pés para querer ler livros sobre pés, de maneira que adquiri toda uma aversão aos pés frios na literatura, embora não os evite — nem ao arrefecimento dos pés propriamente dito nem à menção dos pés frios. Creio que a culpa é da minha família, que me incutiu o medo aos pés frios, é quase uma perversão grotesca, é impossível esquecer-me do perigo dos pés frios. Ademais, o desconforto é real, não sossego se tiver os pés frios a ponto de, debaixo de quatro cobertores e dois edredões, trancado num quarto aquecido, estes me impedirem de dormir. É-me, pois, impossível adormecer com os pés enregelados, e resguardo-os com dois pares de meias, que nem sempre são suficientes. Perco demasiado calor pelos pés, parece-me, sinto frio e desconforto porque perco muito calor pela sua superfície, é por meio dos pés que perco a maior quantidade de calor, de energia. E, já agora, ponha de lado esses seus tiques, as repetições e as elipses, as divagações, as hipérboles, a histeria, diziam-me eles, os meus editores, evite também abordar outros assuntos polémicos, nada de mulheres de índole duvidosa como personagens, olhe, depois não temos como o salvar!, e não mencione editores, muito menos escritores, jamais!, as pessoas querem ler histórias de amor, ou grandes sagas familiares, de preferência grandes sagas familiares com uma história de amor por trás, na base!, uma história de amor bonita, que mova e até *ice e alavanque* a narrativa, um daqueles amores que começam na juventude e acabam no lar de terceira idade, mas aposte sobretudo na magnificência da obra, cinquenta ou sessenta personagens, está a entender?, ou em ficção misturada com factos reais, tudo numa grande amálgama, é o que está na berra!, asseguravam eles, e mais: nada de queixumes, homem, ponha-me um final feliz nisso, gente contente com a vida, os leitores têm filhos, têm patrões, pense nisso, que lhe custa pensar, hã?, diziam. Claro, vou pensar nisso, era sempre a minha resposta. De facto, que me custava aceder aos seus pedidos? Nada. Bons conselhos...

A Gyu-ri prosseguiu com o seu monólogo em inglês. Apreciei, embevecido, as suas capacidades linguísticas. Os meus problemas linguísticos não se limitavam à comunicação com os porteiros. Na Coreia do Sul, quase ninguém falava inglês, ou inglês inteligível, o que vai dar ao mesmo. A maioria não o falava de todo. As lojas tinham nomes em inglês, e eu entrava nas lojas e nenhum dos funcionários falava inglês, as placas em inglês só ali estavam para enganar os papalvos. A Gyu-ri era diferente, ela falava um inglês bastante razoável, estudara em Inglaterra, não sei ao certo o quê. Ninguém sabia, ninguém que eu conhecesse sabia o que ela estudara em Inglaterra, essa é que era a verdade. Fora decerto aí, em Inglaterra, que aprendera inglês. Não o falava na perfeição, todavia, era excelente para os padrões locais, formava uma frase, duas frases, conseguia formar três frases seguidas, por vezes mais, se fizesse uma pausa — um portento. Era a terceira vez que a encontrava e que conversávamos. Na primeira ocasião, ela mostrara-me as áreas comuns: a lavandaria, a cozinha, a biblioteca, os restantes edifícios, as árvores. Eu perguntara-lhe que espécie de árvore era aquela diante da minha janela, descobri então que era um álamo coreano, e em seguida questionara-a acerca das áreas comuns, se qualquer pessoa lhes tinha acesso. Ela havia considerado o meu interesse estranho, sugerira que eu pretendia trazer a minha namorada para os jardins ou para dentro do apartamento, a minha namorada ou outra mulher, quando me haviam avisado de antemão que naquela residência a *coabitação* não era permitida, que as pessoas externas, vulgo não escritores, não podiam pernoitar ou sequer entrar nas instalações reservadas aos escritores e funcionários.

— Por favor, não traga a sua namorada nem outras pessoas para a residência, é uma residência só para escritores — dissera ela a primeira vez que nos encontráramos. Em inglês inteligível.

Eu não lhe respondera. Já sabia que não podia levar a namorada para a residência, aliás, perguntara-lhe semanas antes se outras pessoas que não eu poderiam entrar na residência, e fora por esse motivo que havíamos reservado um quarto para a minha namorada, precisamente porque já sabíamos que ela não poderia pernoitar nem almoçar nem jantar nem sequer entrar nas instalações da residência, incluindo o meu apartamento. Estava tudo bem explícito nas brochuras, e a Gyu-ri realçara-o de antemão, a ponto de eu ter decidido não lhe mencionar que a minha namorada viajaria comigo para Seul. No fim de contas, a Gyu-ri nada tinha que ver com o assunto, não era ela quem pagava o alojamento da minha namorada. Naquela residência não entravam familiares nem amigos nem conhecidos nem acompanhantes, noutras, sim, talvez, sem dúvida, mas não naquela… perguntava-me como sabia ela que eu tinha namorada… ah, desconfiava... de um porteiro!... de facto, rememorara as conversas, verificara os e-mails, e eu nunca mencionara a minha namorada quando dos preparativos para a viagem… já adivinhava complicações, e eu com os bilhetes comprados, as malas quase prontas… Mas, pelos vistos, era já do conhecimento público essa minha relação amorosa, toda a Coreia do Sul a conhecia. A minha relação estaria, porventura, assinalada nas estrelas, formava, quiçá, uma nova constelação, ou tê-la-ia assinalada na minha testa.

— E quantas páginas terá o seu livro? — perguntou-me, entre duas baforadas de tabaco, Guy-ri.

— Não sei — respondi.

— Mas será um livro volumoso?

— Terá algum volume. Sim, algum volume!

Ela prosseguiu a sua inquirição, depois, calou-se por algum tempo. O porteiro de serviço surgiu a cerca de vinte metros, saiu de detrás do edifício mais comprido, a designada Casa Grou, o vento empurrou-o, agitou-lhe o cabelo. A Gyu-ri acenou-lhe, ele retribuiu o gesto, ela olhou de soslaio para o relógio de pulso, ela e os outros funcionários da secretaria saíam a meio da tarde, chegavam ao local de trabalho a diferentes horas, era impensável determinar qual o seu horário, jamais ousaria tentá-lo. Por outro lado, os porteiros tinham de se manter, *em permanência,* de vigia na sua casinha, à entrada, de modo a impedir que introduzisse a minha namorada no espaço reservado a escritores. O marreco e a mal-encarada não podiam ser incomodados, estavam a escrever obras-primas mundiais, epopeias coreanas. O marreco era simpático, porém, desprovido de pescoço, a cabeça assentava-lhe acima dos ombros, e esta, mais próxima das mãos, quiçá visse mais longe nos mesmos papéis, nos mesmos papéis que qualquer outro poderia ler, eu incluído, falasse eu coreano, portanto, evitaria a todo o custo aborrecer o marreco, chamava-se Kim, era a única coisa inteligível que lhe arrancara quando nos cumprimentáramos pela primeira vez. A mal-encarada, por seu turno, não tinha tempo para me cumprimentar, nem sequer para grunhir, fechava-se para proteger a sua arte. Eu compreendia-a, a ela e ao marreco, quem me dera produzir arte como eles, só eu não escrevia, impediam-me os telefonemas, e aquele calor, a terra soltava um bafo pegajoso e tomava banho após banho sem resultado visível, transpirava as minhas camisolas, as calças, enchia as máquinas de lavar, as duas máquinas da lavandaria, uma com roupa escura, a outra com roupa clara, as peças de roupa giravam na cave, em silêncio, para não sobressaltar o marreco e a mal-humorada, além do jovem que encontrara na noite anterior, o poeta, vira-o entrar com um saco cheio de pacotes de leite. Quando descera até à cozinha, ele oferecera-me papas de leite. Levara a frigideira com a mistela para o seu apartamento e queria oferecer-me um pacote de leite, persuadia-me, dizia ter muitos pacotes de leite, eu bem vira que tinha muitos, o saco só tinha pacotes de leite, haviam entrechocado dentro do saco e o cão da portaria ladrara, assustado, ouvia-se o taquetaque dos pacotes de leite ao longe. Tinha muitos pacotes de leite, por isso, podia oferecer-me um, dissera ele. Que obsessão com os pacotes de leite! Recusara a oferta, tentara indicar-lhe que não bebia leite, a comunicação era difícil, ele mal falava inglês.

— Por favor — dissera ele.

— Não, obrigado — respondera-lhe eu.

— Leite? — insistira o jovem poeta.

— Não, não!

A frigideira verde que o jovem poeta levou, nessa noite, para o seu quarto só regressou à cozinha duas semanas mais tarde. Não sei que terá feito com a frigideira durante tanto tempo, é outro dos mistérios daquele local. Nunca mais a usei, nem pensar nisso, como é evidente.

A Gyu-ri deitou fora a beata do cigarro, o vento arrastou-a, regressámos à lavandaria, descalçámos os chinelos. Continuava a sentir os pés frios e dirigimo-nos à cozinha, agora desocupada, bebi um copo de água, ela vasculhou o frigorífico e serviu-se de chá. Aprontei-me para cozinhar o meu almoço tardio, a minha namorada esperava-me dentro de uma hora. A Gyu-ri falou.

— Lembrei-me de uma coisa que lhe queria perguntar, sim, de uma coisa.

— Diga lá.

— Todos os anos, por esta altura, alugamos um autocarro e fazemos uma excursão ao monte Seoraksan. Todos os anos. Quer ir connosco? É uma montanha linda, e o parque nacional é muito agradável, vai gostar, vai, sim. E pode levar a namorada.

Que gentileza, a supervisora permitia-me fazer-me acompanhar pela namorada. Quase lhe caí aos pés e, prostrado, lhe agradeci.

— Vai pensar nisso e depois dá-me uma resposta? — perguntou.

— Claro, muito obrigado — respondi.

— Vou dar-lhe uma brochura do parque nacional. Tenho algumas no escritório.

Segui-a até à secretaria.

Os polícias estavam de saída, calçaram-se, despediram-se de um funcionário. A Gyu-ri aproximou-se da sua mesa de trabalho, tirou uma brochura de uma gaveta e ofereceu-ma.

— Parece interessante. Obrigado — e guardei-a, dobrada ao meio, no bolso das calças. — Os polícias estiveram aqui algum tempo.

— Sim — disse ela.

— Há algum problema?

— Uma das escritoras aqui residentes está desaparecida há mais de uma semana. Há dez dias, para ser mais precisa. Sim, está desaparecida.

Desaparecida! Como o sabiam? Presunção, pura soberba intelectual. Talvez tivesse ido passear ou houvesse decidido visitar outra cidade, ou encontrado o amor em Seul… sem prestar contas a ninguém… Não comentei a novidade, a Gyu-ri fitou-me.

— O Rodrigo ainda não estava na residência.

— Pois não — disse, e calei-me. Era verdade, ainda não estava na Coreia.

— Nunca tal nos aconteceu — justificou-se.

— Acredito que não.

A supervisora queria, decerto, expandir-se sobre o assunto. Os seus colegas remexiam em papéis e tocavam, de vez em quando, no teclado do computador. Não me enganavam, bem via que fingiam trabalhar, enquanto estavam, de facto, a ouvir a conversa. Também eles pouco falavam, mas tudo percebiam, tal qual os porteiros. Que a Gyu-ri não contasse comigo para lhe facilitar a propagação de mexericos, nem pensar nisso, e então ela corou, as emoções derrotaram-na, falou, não se conteve, simplesmente não se refreou.

— Nunca nos desapareceu ninguém. Só um gato, não foi? — a Gyu-ri interpelou os colegas, desta feita falou em coreano. Eles anuíram, largaram os papéis, esqueceram-se dos computadores e aquiesceram.

Pois então era assim que se trabalhava ali, já nem disfarçavam, eu devia sentir-me satisfeito por mentir ao meu editor, afinal, era um profissional com brio, ainda poderia entregar-lhe o manuscrito no prazo combinado. Era possível, bastava acreditar.

A supervisora retomou a palavra:

— Um gato cinzento, mas não era nosso, era do porteiro.

A Gyu-ri tinha a conversa engatilhada, como depressa percebi, aquilo tinha forçosamente de lhe sair, pouco lhe interessava que eu pretendesse regressar à cozinha para preparar o almoço. Seria capaz de me levar à morte ou pelo menos à perda de um membro ou da visão, desde que pudesse contar-me a história. De minha parte, convinha-me usar os equipamentos antes que um idiota se apoderasse do espaço, e o meu estômago roncava. Mas, além de cara de comprometido, teria porventura aspeto de bem alimentado, pois ela prosseguiu.

— Sabe, a escritora deixou a porta do apartamento aberta, os documentos espalhados pelo chão, e nunca mais apareceu. Contactámos a família em Espanha, mas não sabem dela.

— Ah, é espanhola?

— Oh, sim. Tivemos de avisar a polícia, claro.

— Claro.

— E ela estava tão animada. Disse-me há duas semanas que estava a terminar a sua obra-prima.

— Sim, é triste. Não pode ter acontecido nada de bom — disse eu.

— É o que receio — disse a Gyu-ri, que suspirou. Sentou-se, começou a mexer em papéis.

Dirigi-me à cozinha.

II

Cruzei-me com a Beatriz a meio do caminho. Ela descera o morro onde se encontrava alojada desde a nossa chegada a Seul, ao passo que eu subira a ladeira íngreme entre o cruzamento com os semáforos e a igreja católica. Recuperei o fôlego e decidimos apanhar o autocarro até ao Palácio Nacional.

Uma vez na paragem, encostámo-nos a um muro baixo, junto a alguns sacos do lixo, para assim nos abrigarmos um pouco do vento e da poeira. Levei uma mão ao bolso das calças e pensei em mostrar-lhe a brochura do Parque Nacional de Seoraksan. Tirei a mão do bolso e não lha mostrei.

Ela estava pálida e quase não tinha aberto a boca durante a deslocação até à paragem.

— Estás maldisposta? — perguntei.

— Não — disse ela.

— Mas estás pálida.

— Estou?

— Sim. Será do protetor solar? — sugeri.

Ela não me respondeu e passaram por nós dois autocarros. Nenhum deles era o número 4, era esse o que queríamos apanhar. Outros haveria que nos levariam até ao nosso destino, esse palácio que designavam como nacional, porém, do local onde nos encontrávamos, ou, para ser mais preciso, daquela paragem à paragem do dito Palácio Nacional, o autocarro número 4 era a melhor opção, o único meio de transporte que não obrigava a transbordos e a ligações com outros autocarros ou com o metro. Eu afastava-me e aproximava-me do muro baixo, lançava olhares ao alto da avenida, e o número 4 não surgia.

— Parece que desapareceu uma das escritoras que estava na residência. É espanhola — comentei. — E pensava eu que era o único estrangeiro.

A Beatriz nada comentou.

— Ouviste? Não sou o único estrangeiro na residência.

A Beatriz não disse nada. Um outro autocarro parou defronte de nós, alguns passageiros saíram. Uma velhota curvada desceu da porta traseira e, já no passeio, no meio de sacos do lixo amarelos, os sacos dos chamados resíduos biológicos, puxou de um lenço de pano e, depois de o humedecer com os lábios e a língua, limpou a cara, do queixo à fronte, para logo o humedecer de novo e repetir o processo de limpeza facial. A velhinha parecia não estar minimamente incomodada por assim se lavar em público. Mais ninguém a fitava, apenas eu. Apontei-lhe, com discrição, um dedo, e disse:

— Aquela velhota está a lavar-se com saliva.

A Beatriz não me respondeu, continuava pálida, ora olhava para o chão, ora para a avenida. Uma rajada de vento mais forte fez a poeira rodopiar no ar e vi-me obrigado a fechar a boca, porquanto engolia areias. Então, chorei de um olho, lamuriei-me e virei costas à paragem, afastando-me da minha namorada. Quando, por fim, me livrei das malditas areias, abeirei-me dela.

— Vendo bem, acho que estás pálida desde que chegámos à Coreia, querida.

— Não me chames querida.

Como por um qualquer motivo a situação não me era favorável, calei-me. Surgiu outro autocarro diante da paragem, logo um segundo autocarro, nenhum era o número 4, os autocarros verdes sucediam-se um após o outro e não havia meio de o número 4 chegar. E a poeira rodopiava sem cessar. A Beatriz semicerrou os olhos e tirou da sua malinha duas máscaras de papel, deu-me uma, pôs a outra, agora sim, estávamos a condizer com os sul-coreanos e bem aprumados, prontos para enfrentar o ar agreste da cidade. A velhota do lencinho ainda ali estava, talvez esperasse o autocarro número 4. Um dos sacos do lixo amarelos virou-se e despejou no passeio resíduos biológicos, porque os sacos amarelos correspondiam aos dos resíduos ditos biológicos, viraram-se as cascas de batata, os talos de couve, ossos e espinhas, os ditos resíduos *biológicos* começaram a rebolar, os carros passavam rente à berma e arrastaram-nos pela avenida.

— Já viste o lixo espalhado por aqui? E cheira a fossa — disse eu.

A Beatriz olhou para o lado, suspirou.

— Não consegues dizer nada de agradável? — respondeu-me ela. — Tens de ver defeitos em tudo, nunca vês nada de bonito.

Uma grande mentira, porque eu, com efeito, via beleza nas coisas que me rodeavam: nos animais, nas pessoas, na natureza, nas cidades, eu era, enfim, um genuíno esteta, mas havia ali, de facto, lixo, caroços de maçã, cascas de banana, não eram defeitos o que via, eram antes resíduos biológicos, uma mera constatação que nada tinha de agradável ou desagradável. Ela continuou.

— E é sempre tudo sobre ti. Achas-te muito especial, não achas?

Disse-lhe que não me julgava nada de especial. E não achava! Na verdade, não me tinha em grande consideração. Era um escroque, um escritor frustrado e, agora, sem ideias... sem uma única ideia!... era imperdoável, caíra no buraco mais fundo, não conseguia escrever e, no entanto, insistia em pensar nos meus livros, que ninguém lia, ou na disposição da mesa a que escrevia. De facto, a mesa era importantíssima, e ocorrera-me, segundo lhe disse então, que escrevia sempre virado para norte. Ora, naquela residência, escrevia voltado para oeste: a janela da sala estava virada para oeste e a do quarto também. O álamo cobria a janela da sala, a do quarto estava desimpedida. Todavia, mesmo encoberta pela árvore, a janela da sala, onde eu escrevia, estava voltada para oeste. Talvez fosse esse o motivo por que não conseguia escrever.

— Há que mudar a mesa de sítio o quanto antes — acrescentei.

A Beatriz não respondeu e um autocarro parou diante da paragem, era o número 4, um autocarro verde, como a maioria em Seul, mas pequeno, muito mais pequeno do que era normal, assemelhava-se a uma lancheira com rodas, o interior metálico não diferia muito, de resto, de uma marmita, era apertado e baixo, e também abafado, como constatámos assim que entrámos. Depois de aproximarmos os nossos cartões do leitor digital, puxámos as máscaras para baixo do queixo e não encontrámos lugares para os dois. Os assentos eram escassos. O autocarro arrancou e descobrimos somente um assento vazio na traseira do veículo, um lugar sobre a roda, onde ouvíamos os roncos do motor e dos travões. A Beatriz sentou-se e eu permaneci de pé, agarrei uma das correias e tive de me curvar um pouco, o teto era demasiado baixo, os meus cerca de metro e oitenta não cabiam ali, sou de estatura considerada mediana, porém, quase não cabia de pé no autocarro, um solavanco bastaria para me causar um traumatismo craniano severo, deixar-me prostrado no chão da viatura até me levarem, inconsciente, para um hospital cujas condições de higiene desconhecia. Felizmente, tratara de providenciar um seguro de viagem para mim e para a Beatriz, uma apólice que cobria toda a nossa estadia na Coreia do Sul, ou seja, o mês na residência e uma semana adicional que, de acordo com o planeado, passaríamos na ilha de Jeju, uma semana de férias prévia ao nosso regresso a Portugal com escala em Amesterdão. A apólice cobria tratamentos hospitalares em resultado de acidentes ou doença repentina, e era importante ter em atenção que a doença teria de ser repentina, jamais aceitariam uma doença crónica ou diagnosticada de antemão, não nos passasse pela cabeça ir tratar uma doença que nos inquietasse desde a infância, e também não era certo que pagassem o tratamento a maleitas que, embora descobertas na República da Coreia, fossem terminais, crónicas, ou que não nos matassem a curto prazo. Em boa verdade, a apólice garantia a trasladação dos cadáveres em caso de morte no território sul-coreano, mas não o tratamento da doença que poderia provocar o falecimento. Assim, falecer podia ser mais proveitoso do que apenas adoecer, tudo dependia das condições, como é óbvio e do mais elementar bom senso. De resto, era necessário contactar a companhia de seguros quando do acidente ou da doença, para que a assistência à distância nos indicasse qual o hospital em que estaríamos autorizados a fazer o tratamento, porque não poderíamos tão-só entrar num qualquer hospital e depois apresentar a conta à seguradora, não! Havia que contactá-la e determinar qual o hospital a utilizar, sendo, por conseguinte, sobremaneira importante contactar a seguradora antes de recorrer à ajuda médica de um hospital, clínica ou posto médico, uma ideia no mínimo preocupante, pois poderíamos ficar os dois, *em simultâneo*, incapacitados e *impedidos* de comunicar com a assistência da seguradora. O infortúnio poderia ocorrer a qualquer momento, a minha cabeça distava cerca de dois centímetros do teto e a Beatriz, sentada no seu lugar acima da roda traseira esquerda, sentir-se-ia porventura enjoada, mas não ousei aconselhá-la a levantar-se, ela não é muito mais baixa do que eu, que tenho uma chamada estatura mediana, também ela tem uma estatura dita mediana ou, por ser mulher portuguesa, uma estatura elevada, apesar de ser ligeiramente mais baixa do que eu, que tenho estatura mediana, ela tem estatura elevada para uma mulher portuguesa, e corria o risco de danificar a abóbada encefálica ao levantar-se, ao passo que assim, sentada, observava a paisagem, a cidade corria ao nosso lado. Não a interpelei. O autocarro estava lotado. Às vezes, um ou outro dos passageiros fitava-me. Porventura não seria agradável ter-me ali de pé, com aquele meu nariz, nem um esteta como eu veria beleza naquele nariz, era proeminente, quiçá os perturbasse ver-me agarrado a uma correia de plástico que chiava a cada curva. Quando o autocarro virava para a esquerda ou para a direita, eu apoiava-me de braço estendido e a correia, sempre perto do meu rosto, rangia, era confrangedor. Apoiava o menos possível o meu peso na correia, contudo, ela chiava e eles olhavam para mim, essa é que era a verdade.

— Estão sempre a olhar para nós — sussurrei à Beatriz.

— Quem? — perguntou ela.

— Os passageiros.

— Não estão nada, estão a olhar pela janela ou para o telemóvel.

— Alguns sim, mas outros não. Há um ali ao fundo que está sempre a espreitar. Não olhes agora, é aquele meio vesgo.

— O de óculos?

— Não, ao lado desse.

— Está virado para trás no assento, às vezes tem mesmo de olhar para nós.

— Não, não, está a olhar para nós de propósito. E a mulher à frente dele também.

— Ignora-os — disse ela, e logo olhou de novo pela janela.

Quiçá fosse preferível ignorá-los, o homem era vesgo e a mulher aparentava uma saúde débil, arfava e tossia, decerto o melhor seria não lhes prestar atenção, para não me acusarem de ser preconceituoso, no fim de contas, estava habituado a olhares impudicos, e a Beatriz, pobrezinha, de há muito sofria por contaminação da antipatia que as pessoas me mostravam. Os designados meus editores e conhecidos não o entendiam. Não fale sobre isso nos livros!, diziam eles. Ninguém acreditava em mim, na realidade, as pessoas eram antipáticas comigo, não só na querida pátria, como no estrangeiro, porque isso me acontecia, por vezes, também no estrangeiro, tal qual como na minha ditosa terra natal, conquanto não tão amiúde no estrangeiro, porque os meus compatriotas não tinham, a esse nível, concorrência, eram eles quem nos tratava, à Beatriz e a mim, pior, no caso da Beatriz, quando na minha presença, a mim em qualquer circunstância, o que nos levara a concluir, primeiro a mim e depois à minha namorada, que o problema advinha da minha existência, possivelmente da minha cara. Era eu o causador de tanta inimizade e, em certas ocasiões, inclusive, do mais irracional e inexplicável ódio, era eu a origem de situações em que éramos vítimas de um tratamento grosseiro ou boçal, sem o mínimo respeito pela nossa individualidade ou *condição de cliente*. Eu não entendia de maneira nenhuma essa antipatia e esse ódio, se éramos nós próprios corteses e prestáveis, dava voltas e mais voltas e não percebia por que motivo eram antipáticos e às vezes injustos para comigo e para com a Beatriz, e isso é que eu não podia admitir e haveria de contrariar até à morte, de modo a não macular a minha vida com o que designaria de opróbrio do conformismo e da mais reles resignação, para não dizer cobardia.

— Escroques!

— Disseste alguma coisa? — perguntou a Beatriz.

— Não.

Ponderei perguntar, em voz alta, para onde estavam a olhar aqueles sujeitos, porém, disse-o só para mim. Receei envergonhar a Beatriz, já de si tão pálida. Logo agarrei as costas do seu assento, puxei a máscara para cima, virei costas aos intrometidos e viajámos em silêncio até ao nosso destino.

E lá chegámos.

O Palácio Nacional era, no fundo, um museu que, com o seu parque e as suas muralhas reconstruídas, ocupava alguns hectares no meio de modernos edifícios de betão envidraçado. Entre as árvores, o ar era respirável, havia menos poluição atmosférica, conseguimos tirar as máscaras. Achei tudo muito bonito. Duas horas depois, quis ir-me embora.

Como a Beatriz tinha sede, fomos a uma cafetaria nas proximidades do palácio. Disponibilizavam, numa mesinha à entrada, água gratuita. Peguei no jarro de água e num copinho de papel e, enquanto a Beatriz pedia dois cafés com gelo, saciei a sede ao beber vários copos de enfiada. Ela escolheu uma mesa, sentámo-nos com os cafés à nossa frente e eu disse que ia aproveitar a pausa para escrever um pouco ali mesmo, na cafetaria. A Beatriz alegrou-se com a minha decisão e entregou-me o caderno e a caneta que guardava na sua mala, era naquela mala de senhora que guardava esses meus utensílios de escrita e, na sua boa-fé e com o seu grande entusiasmo, pousou-os em cima da mesa. Concentrei-me na tarefa, abri e fechei o caderno, reabri-o e rabisquei algumas coisas, ideias soltas para diversos contos e até romances, disse-lhe eu, e foi com toda a desfaçatez que lhe garanti serem boas ideias para contos e até romances, pois eram más ideias para contos e romances, como se veio a comprovar quando as tentei utilizar mais tarde. Diga-se que já naquele momento me pareceram, ao lê-las escritas em papel, más ideias para contos e romances.

Terminei o meu café, a Beatriz continuou a bebericar o seu, rodei o meu copo de cartão e ouvi as pedras de gelo entrechocar com um som aquoso. Então, pensei que poderia efetivamente recomeçar a escrever o romance com que concorrera àquela residência literária em Seul, e por cujo projeto de conclusão, bem explicitado num documento associado ao meu currículo, me estavam a proporcionar aquela estadia em Seul, num bom apartamento privado com cozinha partilhada e, em parte, também a estadia da minha namorada, que, embora não pudesse entrar na residência e a quem não haviam financiado a viagem de avião, estava ali porque eu fora selecionado para aquela residência literária. Ela desejava ir à Coreia do Sul, tinha um grande interesse pelo país. Eu não tinha tanto interesse, mas tinha algum interesse em conhecer a Coreia do Sul. E, enfim, estávamos os dois na Coreia do Sul.

A Beatriz sacou do telemóvel e eu virei a folha do caderno, pousei a caneta na página em branco, levantei-me, bebi água à entrada da cafetaria, entraram mais pessoas. Regressei para junto da minha namorada e disse-lhe que, afinal, estava demasiado barulho para me concentrar, talvez pudéssemos ir para um jardim ali perto. Ela pediu-me mais alguns minutos na cafetaria, onde tínhamos rede de Internet, de maneira a determinar o que fazer em seguida, qual o local a visitar e onde jantar.

— Dá-me mais alguns minutos — pediu.

— Está bem, mas quantos? — perguntei.

— Não sei, alguns minutos.

— Sim, mas quantos? Tenho muito que escrever.

— Cinco minutos. Dez!

Decidimos visitar o famoso templo de Jogyesa. Perto do templo, havia um bom restaurante vegetariano. De facto, havia, nas suas proximidades, dois bons restaurantes vegetarianos, um *à la carte* e mais a armar ao fino — o mais caro dos dois —, e outro que funcionava com *buffet*, também caro, mas não tanto, ou seja, eram os dois bons restaurantes vegetarianos, de culinária tradicional budista, ambos dispendiosos, porém, um mais dispendioso e a armar mais ao fino do que o outro, que também não era um tasco seboso a atentar ao preço médio por pessoa, e encontravam-se os dois no mesmo edifício, um no terceiro andar e o outro no segundo andar, porque ambos pertenciam ao templo, que os geria. Era a um desses restaurantes que pretendíamos ir.

Por fim, saímos da cafetaria e dirigimo-nos a um jardim nas proximidades, onde nos sentámos à sombra de uma árvore. Estava imenso calor e reabri o caderno, que tinha transportado fechado na minha mão, virei de novo a página e deixei cair a caneta. Ao baixar-me para a apanhar, o meu telemóvel começou a tocar: era um dos meus editores.

— Outra vez este parvalhão! Acordou cedo. Madrugou. Já lhe disse para não me ligar, não sabe que me cobram uma taxa? — disse eu à Beatriz, e não atendi. O telemóvel tocou durante vários segundos, depois parou, para logo recomeçar a tocar. — Irra, é demais. Este idiota até deve ter posto o despertador a tocar só para me ligar.

— Talvez precise de sair cedo para trabalhar — retorquiu ela.

— Não precisa nada. Só se levanta ao meio-dia, isto é só para me massacrar. Fica na cama metade do dia. Ou está estendido ou está deitado!

Eu queixava-me ainda de tamanha imbecilidade quando recebi uma mensagem do mencionado editor. Escreveu-me a seguinte inanidade: *Faltam três dias para a entrega, há aqui alguma pressão.* De imediato me perguntei que pressão seria aquela, quem a exercia e porquê. Referir-se-ia ele à pressão atmosférica? Ah, mas por isso não era eu responsável, cometera os meus deslizes e até prevaricações, é certo, furtara o mais que pudera artigos alimentares quando trabalhava como chefe de cozinha na Suécia e na Noruega, apesar de não ser possível afirmar perentoriamente que praticasse crimes, com certeza não me poderiam responsabilizar para todo o sempre, nessa época fecunda, limitava-me a encher os bolsos e a mochila com bens comestíveis... nada se estragava, era reciclagem pura... pimentos e curgetes e brócolos nos bolsos das calças, sacos de plástico com canela em pó e pacotes de leite de soja e tostas na mochila em que transportava o fato de cozinheiro para casa, de modo a lavá-lo, tudo arrumado com a maior ordem, não roubava nada com o intuito de vender os produtos, nada de máquinas ou colheres de pau, as minhas colegas comiam e gastavam muitos mais produtos alimentares do que eu, dúzias de sanduíches de queijo e café e bolachas todas as tardes... não havia tarde nem manhã em que não enchessem a pança com bolachas... bolachas de chocolate... com recheio... de chocolate ou baunilha ou outra substância doce... bolachas de chocolate com recheio de chocolate, uma genuína aberração, comiam-nas quase até rebentar, uma delas chegou ao ponto de se sentir mal em casa e de no dia seguinte afirmar que se sentira mal por ter comprado, em Førde, um frango assado numa churrascaria e o ter deixado ao sol dentro do carro, todavia, todos nós sabíamos que na véspera comera bolachas a mais, sim, bolachas de chocolate com creme, várias canecas de café e, no fim, ainda jantara um prato bem abastecido de massa, depois fora dar um passeio de carro a Førde e tudo aquilo lhe caíra mal no estômago. Não duvido que o frango tenha contribuído para o seu mal-estar, poderia, inclusive, estar podre ou repleto de germes, no entanto, não foi decerto o frango assado que ela comprou em Førde o único ou sequer o principal responsável pelo seu mal-estar, apesar de ela ter alegado que o frango estava contaminado com *salmonelas* e que o *havia deixado ao sol*. Era um sol de inverno escandinavo, débil, mesmo se exacerbado pelo efeito dos vidros. Ela alegou tudo isto, mas a culpada pela sua indigestão foi, isso sim, a enorme quantidade de bolachas de chocolate com creme e canecas de café e o prato bem abastecido de massa ao jantar, ingeridos todos eles sem a ajuda de exercício físico adequado, pois fora a Førde de carro e antes passara quase toda a tarde sentada na salinha dos funcionários da cozinha, ou seja, a sala onde eu, o chefe de cozinha, e as duas assistentes de serviço no respetivo turno podíamos descansar e tratar da papelada. As minhas assistentes trabalhavam pouco, descansavam as pernas. De facto, eram mais velhas do que eu e mereciam-no, ainda que tal prática lhes prejudicasse amiúde a digestão, faltavam com frequência devido a problemas digestivos, contudo, eram boas pessoas, preocupavam-se comigo e, excetuando o ocasional mal-entendido, as nossas relações eram as melhores, ao contrário das que tinha e tenho com os meus colegas da escrita, essa corja invejosa e corrupta que, aos olhos da sociedade, constitui a fina flor da cultura, ora, nos fiordes de Sogn og Fjordane é que eu estava bem, aí jamais encontrava pessoas e, portanto, escapava às mais vis *atrocidades do pensamento*, porque, há que dizê-lo, na presença de pessoas estamos sempre sujeitos às maiores ignomínias, inclusive daquelas que poderíamos designar como atrocidades do pensamento, sempre em voga entre os ditos meus pares, os meus colegas de profissão, embora já então não me considerasse seu colega de profissão, na verdade, nunca me vi como colega deles, dos escritores, que não passam, na sua quase maioria, de rematados calhordas incapazes de escrever uma obra meritória. Sou, enfim, uma pessoa irascível, no entanto, é essa horda de calhordas tidos por escritores e gente afim a que mais me enfurece. Sou uma pessoa crítica, a minha família ensinou-me a criticar tudo e todos, era e ainda é esse o passatempo preferido da minha família, sentam-se à mesa e telefonam uns aos outros para falar mal de tudo e todos e não se coíbem de inventar histórias rocambolescas, desde que essas situações sirvam o seu vil propósito, ou seja, o de denegrir outrem. Sou herdeiro da minha família, qualquer pessoa ou acontecimento tem a capacidade de me exasperar, mas o que me tira do sério são os ditos escritores e pessoas associadas, em especial as pessoas que me fazem em cima e têm gosto em fazer em cima. Em suma, a minha vida enquanto escritor e homem de letras, no sentido de homem que exerceu funções ligadas à edição de livros, foi sempre a vida de alguém a quem fizeram em cima, o que é do mais reles e abjeto em termos de vida, acrescendo-lhe o pormenor de nada ter ganhado com isso. Se ao menos ainda ganhasse algo com isso... para uma viagem... jantares... uma viagem à Islândia ou uma participação na Feira de Frankfurt... com todas as despesas pagas... seria uma vida ainda assim reles e abjeta, mas teria ganhado algo, só que não ganhei nada, só perdi. Estava melhor entre os meus colegas escandinavos, a trabalhar na cozinha, e é por isso que na Coreia do Sul, enquanto escritor, não era livre de espírito e corpo. Na referida época, não era livre e tinha pretensões literárias, almejava ganhar dinheiro com essa minha literatura ou pretensões literárias, conquanto pretendesse, diga-se, apenas terminar o livro que me competia escrever na residência e ganhar algum dinheiro. Não era demasiado pretensioso nem ambicioso, só queria algum dinheiro... para as despesas... comida... e produtos de higiene...

Não era livre, portanto, mas estava inocente, não roubava hortaliças, os meus bolsos estavam vazios, e foi nessa época de pureza espiritual e horrível esforço mental, na qual precisava de alívio e liberdade criativa, que me enviaram uma mensagem a anunciar a existência de *alguma pressão*, e eu mais espantado não podia ficar. Apanhei a caneta, peguei no caderno e levantei-me, não consegui permanecer no banco de jardim. A Beatriz também se levantou.

— Esta estupidez de mensagem até me deixou maldisposto — disse eu. — Vamos à cafetaria.

Bebera demasiada água, demasiado café.

— Outra vez? Ainda agora de lá saímos — disse-me ela, e tinha razão.

Entrámos na cafetaria, dei o caderno à Beatriz, fui ao quarto de banho. Um dos funcionários mirou-me com atenção, mais um metediço. Saí do quarto de banho e da cafetaria, começámos a caminhar, de passo estugado, até à estação de metro mais próxima, eu estava mais aliviado, aquela aflição apanhara-me de surpresa. Disse para comigo que tentaria escrever com a bexiga cheia, a fim de acelerar o processo criativo, escreveria com a bexiga cheia e de estômago vazio, não há nada como o desconforto físico para estimular a produção cultural, só comeria após escrever determinado número de páginas.

A Beatriz seguiu-me, apanhámos o metro em direção ao templo. Ela perguntou-me se eu não queria fazer algumas anotações, e, como eu não queria escrever nada, pedi-lhe que arrumasse de vez o caderno, aquele caderno era a prova da minha vergonha, o prazo de entrega aproximava-se, acrescia-lhe a tal pressão misteriosa. Enquanto isso, dedicava-me a elucubrações mentais acerca do meu romance, da grande obra-prima que, após três romances publicados, me iria garantir o devido reconhecimento, por parte de um número suficiente... razoável... de leitores. Quando trabalhava em armazéns ou em cozinhas queixava-me da falta de tempo para escrever, e agora que tinha tempo e, diga-se, todas as condições, perdia-me em divagações mentais e físicas pela cidade de Seul. Com efeito, ao invés de passear e encher a barriga de café, deveria estar fechado no meu apartamento no primeiro andar da Casa Lótus, a caminhar em círculos pela sala, de modo a concentrar-me e a produzir uma grande obra literária. Os meus companheiros de residência tinham razão, faziam bem em manter-se fechados para escrever, saíam apenas para comprar refeições prontas a comer, os coreanos é que tinham razão, eles e porventura a espanhola, cujo nome ainda desconhecia, essa espanhola que desaparecera e deixara uma obra-prima por acabar, até ela conseguia escrever. Que lhe acontecera e ao seu manuscrito? Uma história curiosa, não a dissecara com a Beatriz, a espanhola atravessara meio mundo para desaparecer na Coreia do Sul e eu nem sequer sabia o seu nome, não o perguntara à Gyu-ri, senti um puxão no braço.

— Temos de sair aqui, anda lá — disse ela.

A Beatriz empurrou-me pela porta da carruagem e logo acompanhámos a turba que saíra na estação, subimos as escadas rolantes, passámos os torniquetes e voltámos a subir escadas rolantes até alcançarmos a rua. Nos passeios não faltavam transeuntes, os jardins e as ruas em redor do templo estavam enfeitados com bolas e balões coloridos pendurados em fios e arames. Alguns pedintes, sem pernas ou com pernas inutilizadas, arrastavam-se pelo cimento ou pelo asfalto, surgiam no meio dos nossos pés, quase os calcávamos, eles prosseguiam, arrastavam as pernas inúteis ou os tocos enquanto gemiam e cantavam. A Beatriz e eu ficámos estarrecidos, assolapados, todos os restantes transeuntes continuaram a caminhar como se nada se passasse. Não se passava nada, deveras.

Contornámos um dos pedintes estendidos no chão e rumámos ao templo. Cheirava a cera queimada, a incenso e a fritos, também um pouco a gasóleo e a fumo de exaustão. O templo estava a abarrotar de pessoas, alguém berrava aos altifalantes.

Tirámos algumas fotografias, a Beatriz com a sua máquina fotográfica, eu com o meu telemóvel. Aquelas pessoas começavam a incomodar-me, a ela igualmente. Sentámo-nos num banco de pedra nos jardins do templo, aí fazia também barulho, mas não estava tanta gente.

Um pouco de repouso. Fome.

Fizera-se hora de jantar. Atravessámos o jardim e a avenida larga que o ladeava e abeirámo-nos do edifício onde se encontravam os dois restaurantes vegetarianos, o que armava mais ao fino e o outro, que não armava tanto ao fino, mas era também ele caro.

Estava disposto a pagar alguns *won* por uma refeição mais requintada. No fundo, sentia-me um mãos-largas, essa é que era a verdade. Queria experimentar algo novo, e experimentar, *acima de tudo*, ser um mãos-largas em Seul. Tomado pelo espírito da megalópole, pensava em grande e agia em conformidade.

Subimos as escadas exteriores, que contornavam lateralmente o edifício, até ao terceiro andar, onde se situava o restaurante fino. Deparámos com a porta fechada, espreitámos para o interior, não estava lá ninguém. Havia um papel afixado à porta; estava escrito em coreano, não sabíamos o que dizia, porém, o restaurante estava sem dúvida encerrado. Bati à porta e no vidro, nada, sem resposta.

— E agora? — perguntei, e logo respondi a mim próprio. — Vamos lá abaixo, ainda temos aquele restaurante, o menos fino — a Beatriz abriu a boca, eu fui mais rápido, era um homem de ação, já não pensava, nem em grande nem em pequeno, apenas agia, as coisas aconteciam.

Descemos as escadas até ao segundo andar. O Sol estava a pôr-se sobre o jardim, os carros buzinavam na avenida e o som dos altifalantes do templo reverberava na escadaria. Chegámos ao segundo andar, não encontrámos vivalma, batemos de imediato à porta desse restaurante não tão armado ao fino e, no entanto, dispendioso sem lograrmos obter uma resposta. Eu fiquei fulo, a Beatriz talvez tivesse ficado também um pouco fula, mas ficou decerto mais frustrada do que zangada. Eu, sim, fiquei furioso, aquilo era inadmissível, que íamos nós comer... o Sol a pôr-se... sujeitos a desfalecer em plena via pública, sem sabermos para onde ir. Se ficássemos inconscientes, como iríamos ativar o seguro de saúde? Poderiam submeter-nos a todo o género de sevícias... e ainda obrigar-nos a pagar. E, ao mesmo tempo, não me permitiam pagar um jantar requintado. Era inacreditável.

A Beatriz sugeriu regressar ao templo. Segundo ela, passáramos por uma loja de conveniência onde poderíamos tentar obter rede de Internet, havia que pesquisar novo local para jantar, portanto, iniciámos a descida até ao rés do chão.

Quando chegámos ao último patamar, vimos um sujeito de óculos a fechar o portão que controlava o acesso às escadas exteriores do edifício. Alcançámos os últimos degraus e o patamar do rés do chão das referidas escadas no exato momento em que o sujeito de óculos pegava num estandarte de pano branco e trancava o portão baixo. Nós ficámos ali, imobilizados diante do portão. O sujeito de óculos não nos viu nem ouviu a descer. É certo que estava muito barulho na área, as pessoas caminhavam aos milhares em redor do templo e dos seus jardins, os altifalantes emitiam uma berraria, mas o homem devia ter-nos visto... estava com óculos... um facínora do pior, um fingidor, queria prejudicar-nos. Reter-nos ali.

— Ei, ei, ei! — gritei, e pedi-lhe, em inglês, que abrisse o portão. Claro que o portão nos dava pela cintura, ser-nos-ia fácil ultrapassá-lo, todavia, há que ter em atenção o despropósito e o ridículo da situação, dois ocidentais a saltar o portão de um edifício comercial aparentemente fechado. Os transeuntes a calcorrearem o passeio sem cessar e nós a saltarmos um muro, ainda que baixo: não conheciam os meus antecedentes no furto, mas aquele meu nariz era em si sobremaneira suspeito, lá isso era, para não mencionar o resto, com todo o meu estilo bizarro era de imediato suspeito do que quer que fosse, não me admiraria nada que a polícia estivesse já a ponderar interrogar-me acerca do desaparecimento da escritora espanhola. Chegara ao país após o seu desaparecimento, contudo, seria com toda a certeza suspeito. Por sorte, já não carregava legumes nos bolsos.

— Pstt, abra o portão, se faz favor! — gritei.

Sem resultado. Então, vi-me obrigado a acenar ao indivíduo de óculos. A Beatriz pulou, deu saltinhos no patamar. Senti vontade de dar uma chapada ou um murro ao sujeito de óculos. Toquei-lhe somente no ombro com um dedo, ele trancara já o portão, mas ainda arrastava, com lentidão e quase sem sair do sítio, o estandarte preso à respetiva base, base esta que, no fundo, não passava de um pneu, era um simples pneu em redor de uma rodela de cimento. Uma situação lamentável a todos os níveis. O homem virou-se para trás e viu-nos ali, primeiro a mim e depois à Beatriz. Por fim, baixou o olhar e analisou o portão baixo, então fitou-nos e percebeu que estávamos ali retidos, não por motivos de estrita necessidade *física*, mas sim *mental*. Envolvêramo-nos naquela situação sórdida por *constrangimentos mentais*, não *físicos*.

O sujeito de óculos falou em coreano, nada percebemos, pareceu-me que nos pedia as suas desculpas, abriu o portão, riu-se um pouco, falou, riu-se de novo, falou.

— Sim, sim, ótimo, muito obrigado, até à próxima — disse-lhe eu, e agarrei o braço da Beatriz.

O sujeito de óculos continuou a perorar em coreano, nós prosseguimos até à loja de conveniência. Caminhámos alguns metros, e mais alguns metros ainda, encostámo-nos à montra da loja de conveniência, a Beatriz captou rede com o telemóvel e pesquisou os restaurantes que se nos adequavam, o mais próximo da nossa localização distava cerca de quilómetro e meio, tratava-se de um restaurante de comida budista. Decidimos fazer-nos ao caminho, não sem antes verificar quanto dinheiro tinha na carteira, porque, de acordo com as informações encontradas na Internet, o restaurante budista era também ele dispendioso, inclusive *ainda mais dispendioso* do que o restaurante a armar ao fino agora encerrado. O tal restaurante budista praticava um preço fixo por pessoa e cada cliente tinha direito a comer uma série de pratos, mas havia que pagar o valor fixo, quer se comesse todos os pratos quer não. Confirmei que tinha dinheiro suficiente comigo para pagar o jantar aos dois, conquanto não me restasse muito mais na carteira, em breve teria de ir a uma caixa automática que aceitasse cartões de débito internacionais, o que me inquietava, não me agradava circular sem dinheiro vivo no bolso, hábitos antigos!, nas lojas não aceitavam os nossos cartões de débito e nem todas as caixas automáticas permitiam o levantamento de dinheiro com aqueles cartões, ditos de débito, embora todas as caixas e lojas aceitassem os chamados cartões de crédito, assim, por mais dinheiro que tivesse na conta, preocupava-me ver-me sem dinheiro na mão, nunca se sabia quando nos poderíamos ver expulsos de um estabelecimento comercial ou envolver numa situação perigosa e acabar mortos numa valeta. Quem me garantia que a escritora espanhola não desaparecera por não ter um cartão de crédito ou dinheiro no bolso quando de um assalto? Mas lá fomos nós, seguimos a pé, as ruas estavam cheias de gente, havia celebrações em Seul naquele início de maio.

Uma vez chegados à rua onde supostamente se encontrava o restaurante, não o encontrámos. Percorremos várias vezes a rua, entrámos em becos perpendiculares, encontrámos muitos restaurantes, nenhum deles era o que procurávamos. Eu não aguentava mais, precisava de comer. Anunciei à Beatriz o meu iminente desfalecimento, ela instigou-me, suportou-me. O odor a fritos perseguia-nos como se para nos atormentar, concentrámo-nos no nome do restaurante e nos caracteres coreanos, fizemos nova ronda pela rua, exasperávamos e, por fim, ela avistou o nome do restaurante num dos becos. Lá estava ele.

Entrámos com toda a pressa, descalçámo-nos, pedimos uma mesa para duas pessoas. Uma senhora orientou-nos até uma mesa de quatro lugares e pedimos jantar para os dois. A empregada de mesa não tardou a servir-nos o primeiro prato e um bule de chá.

Estava eu muito sossegado a comer a minha sopa e o meu arroz de cogumelos quando comecei a ouvir um guincho... com música a acompanhar... Olhei para trás e vi, num estrado que fazia as vezes de palco, um velhote com um manto branco a tocar tambor e uma mulher, também vestida com um manto branco, que lhe cobria, inclusive, o rosto, a dançar. E erguia e baixava os braços alternadamente, sem cessar, enquanto uma luz azulada lhe incidia sobre a indumentária branca e criava um estranho efeito de sombra e cor refletida. De um altifalante situado algures provinha o som de um instrumento que soava como uma flauta estridente.

Os outros clientes estavam atentos. A Beatriz contemplou o espetáculo, mas continuou a comer. Também ela quase desfalecera, porém, ao contrário de mim, não era histérica quando esfomeada, por muito que sofresse. Eu, de pescoço torcido, não poderia acompanhar o espetáculo enquanto comia, de resto, nem mesmo se não comesse, pois estava numa posição desconfortável, tudo aquilo decorria nas minhas costas, e continuei a tragar a comida com a minha habitual passividade, os maxilares moviam-se devagar. Ao levantar o olhar da tigela, constatei que a empregada de mesa estava ao nosso lado. Trazia, na bandeja, mais duas tigelas e, ao ver que não termináramos o prato anterior, pousou-as na mesa e afastou-se. Nós analisámos o conteúdo das novas tigelas e a empregada de mesa logo trouxe mais algumas tigelinhas e pratinhos, assim como dois minúsculos copos com *soju*.

— Oh, isto é mesmo típico budista. E já viste o restaurante? — disse a Beatriz. — É tudo feito de madeira.

— Sim. É muito lindo — respondi.

— Pode servir-te de inspiração.

— Não duvido!

No palco, a bailarina continuava a girar os braços, o velhote tocava tambor. A empregada de mesa recolheu as primeiras tigelas, na minha restava ainda um pouco de cogumelo, mas ela levou-as sem compaixão, estiquei os pauzinhos, tentei alcançar a minha tigela. Sem sucesso. A Beatriz provou o conteúdo de um dos pratinhos recém-chegados e torceu o rosto, também eu o provei, era amargo, uma espécie de couve crua e azeda, não era *kimchi*, era mesmo couve podre. Depois ponderei provar o *soju*, não bebo álcool, no entanto, refleti e decidi provar, com efeito, o *soju*. A Beatriz recusou tocar-lhe... era um sinal... um aviso do que estava para acontecer.

Bebi o meu copinho e o dela também, e preparava-me para comer o que tinha na tigela quando a empregada de mesa regressou com um tabuleiro. Resfolegou ao ver-nos com as tigelas na mão e começou de imediato a apontar para os pratos, não parava de falar em coreano, não entendíamos nada do que dizia. Por fim, percebemos que nos queria ensinar a ordem em que devíamos ingerir os pratos. Insistiu, quase nos forçou a comer conforme as suas disposições. Uma brutalidade. Assim que, no meio de todos aqueles pratos e tigelas, nos dispusemos a cumprir as suas orientações, chegou uma outra empregada de mesa, que transportava duas chávenas e um grande bule de chá num tabuleiro. Depressa atafulhou a mesa. Tentámos comer sob a vigilância da primeira empregada. A segunda empregada juntou-se-lhe. Conferenciaram em sussurros e apontaram para a nossa mesa. Não conseguíamos comer ao ritmo desejado, era um escândalo internacional. No mínimo, falta de tato. Então, a segunda empregada começou a apontar para o palco, proferiu algumas palavras em inglês.

— Têm de ver o espetáculo. Não veem o espetáculo? — perguntou.

A julgar pelo tom, queria agredir-nos. Eu olhei para trás, depois para a frente, a Beatriz encolheu os ombros. Retomei a degustação do jantar, os movimentos dos maxilares, a bailarina e o músico não pararam, a empregada enraiveceu-se... queria, de facto, que víssemos o espetáculo, que comêssemos depressa e víssemos o espetáculo, tudo em simultâneo, era aí que estava o busílis da situação e daí provinha a sua preocupação... ela tinha brio no trabalho... ainda há pessoas assim... ao contrário de mim, que, ao invés de escrever, estava ali a comer e a apreciar um fantástico espetáculo local com a minha namorada... Sim, a mulher tinha brio. E continuou a falar, discursava num inglês entrecortado.

A primeira empregada trouxe mais uma bandeja. Começávamos a ficar enjoados de comer à pressa e nem todos os pratos eram dos mais agradáveis, contudo, a ordem devia ser escrupulosamente cumprida, por forma a garantir a melhor digestão e absorção nutricional. Eram antigos conhecimentos budistas, mas não aproveitávamos devidamente tão ancestral erudição.

— O espetáculo! — bradou a empregada eloquente.

Não fiz caso. Por fim, o músico e a bailarina terminaram a atuação. Senti-me aliviado e concentrámo-nos na mesa farta em comida. Porém, sem grande convicção. Não esvaziámos muitos dos pratos.

Decidimos que estava na hora de terminar aquela orgia culinária. Chamei a empregada e ela lançou-me um olhar de asco. Paguei a conta. Bati com as notas na mesa, depois pu-las na pequena bandeja de madeira, como é prática por lá.

Uma outra empregada, de serviço no vestíbulo, despediu-se de nós, retribuímos os cumprimentos, calçámo-nos e fomo-nos embora. Caminhámos calmamente até à estação, apanhámos o metro, em seguida o autocarro até Yeonhui.

Saímos na paragem mais próxima do morro onde a Beatriz estava alojada. Fiz questão de a acompanhar até casa. Nunca se sabia o que lhe poderia acontecer na subida, a espanhola podia ter desaparecido naquela mesma ladeira, qualquer pessoa poderia desaparecer naquela ladeira, e percorremos algumas ruas mal iluminadas e sujas e subimos a escadaria do morro, algumas centenas de degraus de cimento… escadas com propriedades digestivas… melhores do que comprimidos. Ela estacou no fundo das escadas de acesso ao seu alojamento, um cão ladrou numa casa vizinha.

— Deve ser um cão pequeno, ouve como ladra — disse eu.

— É capaz de ser — retorquiu.

Escutámos o cão. Latiu, uivou, calou-se. A Beatriz bocejou.

— Então até amanhã— disse eu.

— Até amanhã.

Despedimo-nos com um beijo, encontrar-nos-íamos no dia seguinte.

Iniciei a descida das escadas e da ladeira, segui pela avenida, em meu redor as luzes mortiças dos candeeiros públicos, o néon das cruzes nos telhados das igrejas, os sacos do lixo nas bermas, os carros que percorriam a avenida, a brisa quente, acima de mim a lua cheia e algumas nuvens.

Parei no cruzamento e pensei no pouco dinheiro que me sobrava na carteira. Continuei a caminhar, os passeios irregulares da avenida estavam desertos, percorri cerca de duzentos metros, fiz um levantamento numa caixa automática, voltei para trás, entrei na rua da residência, cruzei-me com um carro, cujos faróis me ofuscaram, um gato atravessou a rua a correr.

Abri o portão principal da residência, não estava trancado com o cadeado, limitei-me a empurrá-lo. O cão ladrou preso à sua casota, encostei o portão, acerquei-me do cão, ele abanou a cauda e deitou--se de barriga para cima, afaguei-o. O pátio estava vazio, não havia nenhuma viatura estacionada, subi a rampa até ao álamo coreano, parei à entrada do edifício, o jovem poeta espreitou-me de trás do estore do seu quarto.

Antes de entrar, relanceei o edifício designado como Casa Grou que, agora aparentemente desocupado, presumia ter albergado a escritora espanhola.

Ao chegar ao meu apartamento, reparei num papelinho preso entre a porta e a moldura. Tratava-se de uma mensagem assinada pela Gyu-ri, com a qual me desejava tão-só «Bom trabalho».

III

Nessa noite, a azia perturbou-me o sono. O magnífico repasto no restaurante tradicional budista, conquanto a ausência de gorduras, atormentara-me o esófago a ponto de me obrigar a levantar-me duas vezes de madrugada. Hoje, duas interrupções do meu sono noturno não me apoquentariam, mas à época eu pretendia descansar para, de facto, escrever um romance. Precisava de refrescar o cérebro, por isso, fiz um chá na segunda ocasião em que me levantei. Liguei a cafeteira elétrica na sala, pus a saqueta de chá verde na caneca, regressei ao meu quarto, espreitei por entre as lâminas do estore.

O meu quarto estava às escuras e o candeeiro alto no pátio iluminava o patamar diante da porta principal da assim chamada Casa Lótus, e eu entrevi o Kim, o marreco, a descer as escadas do nosso edifício e a desaparecer atrás dos arbustos e canas de bambu que separavam o pátio comum da pequena área de estacionamento da designada Casa Grou. Como estranhei vê-lo a deambular pelos espaços exteriores àquela hora, abri a janela, corri a rede mosquiteira e enfiei a cabeça de fora. Constatei que não havia luzes acesas nas janelas da Casa Grou e, estando o candeeiro alto no pátio mais próximo da Casa Lótus, o álamo encobria grande parte do pátio à minha esquerda; à minha direita, os arbustos e o bambu ocultavam os movimentos do meu colega sul-coreano.

Ponderei sair do apartamento e, ao fingir que me deslocava ao rés do chão e à cozinha, tentar avistá-lo, porém, desisti da ideia, bebi o chá e deitei-me.

Como não consegui adormecer de imediato nem em poucos minutos, decidi ler um pouco do livro que tinha na mesa de cabeceira: um romance, traduzido para inglês, de uma escritora sul-coreana. Comecei a ler o romance e não senti sono. Pousei o livro na cama. Pus-me a pensar. Sim, por vezes, acontecia... pensava!... inquietavam-me as possibilidades levantadas pelo meu novo livro, pois ainda havia tempo de alterar a narrativa. Oh, os dilemas da escrita, o tormento, seria melhor abandonar tudo, não escrever mais nada, mas os compromissos, a residência, as contas por pagar, uma namorada pálida, porventura necessitada de tratamento médico... e a pressão... *alguma pressão...* como desconhecia onde seria aplicada a pressão, por menor que fosse, havia que evitá-la, e peguei de novo no livro. Distraído, atirei-o para cima da mesa de cabeceira e pus-me a fazer contas: excluindo o resto daquela noite, restavam-me três dias até ao fim do prazo de entrega do meu novo romance. Estava-se na madrugada de uma terça-feira, teria de o entregar até quinta-feira à noite, ou seja, até sexta-feira de manhã, pois de noite ninguém consultava nem lia nada. Ademais, havia a diferença de fuso horário, na Coreia do Sul era mais tarde do que em Portugal, oito horas mais tarde, pormenor que me seria favorável, e se escrevesse 35 ou 40 páginas por dia, teria um livro minimamente apresentável, um romance que não seria muito espesso, contudo, seria um livro. Poderia revê-lo mais tarde, ou inclusive adicionar um dia ao prazo, alongá-lo algumas horas e, findos os quatro dias, ter 160 páginas de texto, ou aproveitar o fim de semana e adicionar ao prazo de entrega não um, mas três dias, para escrever mais de 200 páginas, e isso, sim, seria mais apresentável, o livro teria então uma espessura mais concordante com a qualidade técnica da minha escrita. Estas contas animaram-me, levantei-me e regressei à sala para ligar o computador e fazer anotações no meu caderno.

Ao ligar o computador, reparei que não tinha o caderno comigo. A Beatriz levara-o na mala, por essa altura estava na sua mala ou algures pousado no seu quarto, era um quarto para quatro pessoas, equipado com dois beliches. Só ela estava lá alojada. O dono da casa, que nos ajudara a arrastar as malas pelos passeios de Yeonhui e assistira à destruição da roda de uma das malas, utilizava o resto da casa para seu uso pessoal, à exceção de um quarto de banho e de parte da cozinha. A Beatriz dizia-me que ele passava o dia a jogar videojogos com os amigos ou numa galeria de arte situada numa das ruas próximas. Ela iria alojar-se noutra casa em breve, não porque o dono daquela casa passava o dia a jogar videojogos na sala ou na galeria de arte, como é evidente, mas porque estava já tudo determinado de antemão — ela mudar-se-ia para outro alojamento assim que regressássemos de Gyeongju, para onde partiríamos, em visita, daí a cerca de dois dias, na manhã de quinta-feira. O cansaço da antecipação! O último dia do meu prazo oficial para escrever e entregar o novo romance aos meus editores passá-lo-ia eu em viagem e em Gyeongju, onde nos entregaríamos às delícias do turismo e das movimentações de ócio.

A situação complicava-se e agora nada de caderno. O computador ligou e, por fim, abri o documento, passei os olhos pelas parcas páginas escritas. Verifiquei que era exequível terminar o livro até à partida para Gyeongju, ou terminá-lo no curso da viagem, desde que não mais dormisse nem comesse.

Levantei-me e fui à janela. Não se via ninguém. Que andaria o Kim a fazer? Parecia inocente, com aquela marreca, mas procuraria talvez o manuscrito da espanhola, apesar de não falar espanhol, sim, quiçá não resistisse à tentação de o arrebanhar, afinal, constava que era uma obra-prima, dissera-o a Gyu-ri, e, se ela o dissera a mim, poderia perfeitamente tê-lo dito ao Kim e a todos os outros escritores. Aliás, se a mim, com quem falava em inglês, tinha dito que era uma *obra-prima,* era muito provável que o tivesse também dito, *em coreano*, aos escritores coreanos e, de resto, aos funcionários coreanos que com ela trabalhavam, e inclusive à sua família, que eu cria ser coreana, pois não tinha indícios que me levassem a pensar não ser coreana, apesar de honestamente não o poder concluir com toda a certeza. Em suma, os movimentos do Kim eram suspeitos.

Abri a janela, o ar estava fresco, fechei a janela.

Refleti. Se eu por instinto acreditava que a família da Gyu-ri era coreana, sem dúvida poderia acreditar que a espanhola tinha escrito um livro, e ainda por cima um bom livro, embora não houvesse provas de que a espanhola desaparecida tivesse, com efeito, escrito uma obra-prima, nem sequer de que houvesse escrito um livro. A humanidade vive de crenças e, para mim, aquilo era quanto bastava para manter uma certa esperança de dar uma vista de olhos a um manuscrito tido como uma obra-prima, e agradar-me-ia lê-lo, ainda que não fosse uma obra-prima, por forma a inspirar-me. Fosse como fosse, a escritora espanhola possivelmente não mais precisaria dele, havia sido porventura assassinada e o seu corpo desfigurado lançado ao rio, ou descobrira o amor nos braços de um sul-coreano e, por conseguinte, abandonara a escrita por falta de disponibilidade mental. No que a isso se referia, encontrava-me perante uma incógnita.

A possibilidade de encontrar o manuscrito da colega espanhola alegrou-me um pouco, confesso. Ainda assim, não me deitei para sonhar com a minha futura glória literária; esforcei-me e insisti no trabalho árduo, que é considerado por muitos o caminho para o sucesso. Muitos trabalham com afinco tão-só porque uma grande parte da sociedade encara o trabalho como o melhor caminho para o sucesso. Alguns consideram-no o caminho mais *honesto* para o sucesso, e uns poucos inclusive como o único caminho para o sucesso, no entanto, o trabalho árduo não conduz amiúde ou quase nunca ao sucesso, essa é que é a verdade, e por mais que tentasse iludir-me no que concernia à natureza do sucesso e ao caminho para o alcançar, para me instigar, fitei o documento aberto no computador portátil e não escrevi nada.

Logo desliguei o computador, para não me degradar ao ler novidades acerca do mundo literário. Também não queria abrir a minha caixa de e-mail, onde, além de mensagens de editores, encontrava diversos pedidos de recomendação a editores, porque no fundo ser-se um escritor publicado e pouco afamado é receber pedidos destes. Quando se é um escritor publicado, pouco afamado e se tem uma personalidade como a minha, essa personalidade designada como *difícil*, é-se contactado para se recomendar a editores sujeitos com as mais variadas pretensões literárias ou, pior, para se dar uma opinião sobre as pretensões literárias dos referidos sujeitos, e não há mesmo nada pior do que isso, do que se ter as suas próprias pretensões literárias e ter de emitir opiniões sobre as pretensões literárias de outros indivíduos, cujas obras não estão, em geral, ao nível das suas pretensões literárias. Esses sujeitos com pretensões literárias e sem obra publicada agarram-se a um escritor publicado e pouco afamado e, sem fazer caso das próprias pretensões literárias do escritor pouco afamado, do seu estado de saúde e da sua situação familiar, abusam dele sem qualquer cerimónia ou vergonha e, depois de o usar até ao esgotamento ou quase até à morte, esquecem-se dele para todo o sempre, e eu, como escritor publicado e não propriamente muito afamado, sofria desse mal de esquecimento. Esses sujeitos esqueciam-me e nunca sequer liam as minhas obras, o que, com toda a sinceridade, não era de estranhar, pois as mulheres que diziam amar-me deixavam de me amar de um dia para o outro, num dia amavam-me e no dia seguinte já não amavam e desconheciam até a minha existência, num dia estavam prontas a casar comigo e a ter filhos meus, pois afirmavam amar-me *profundamente*, enquanto no dia seguinte já não queriam nada comigo e já amavam outra pessoa, talvez *não profundamente*, ou não tão profundamente, mas era essa a realidade, amavam ou envolviam-se com outrem, portanto, não havia que esperar muito dos sujeitos com pretensões literárias que, tanto quanto eu sabia, não me amavam profundamente nem às minhas pretensões literárias. Enfim, desliguei o computador.

Tendo desistido de trabalhar, aproximei-me da janela, espreitei lá para fora. O Kim saiu de trás dos arbustos, assustei-me!, com tantas divagações, já não me lembrava de que ele havia saído. Olhou à sua volta e caminhou em frente, rumo à dita Casa Lótus, e, quando subiu as escadas, reparei que tinha a camisola suja e estava a mastigar, a mandíbula quase lhe saía do sítio. Depressa entrou no edifício, a porta fechou-se, os seus passos reverberaram no corredor, uma porta abriu-se e fechou-se, um grunhido algures ao fundo do corredor antecedeu um silêncio absoluto, que durou alguns minutos, o cão ladrou no pátio.

Afastei-me da janela, deitei-me de novo e adormeci.

Acordei com o ruído dos funcionários da residência no rés do chão. Dei algumas voltas e reviravoltas na cama, li um pouco, pousei o livro e dirigi-me ao quarto de banho, onde realizei as minhas ablações matinais, e em seguida à sala, onde liguei a cafeteira elétrica para fazer chá.

Junto à janela, enquanto a água fervia, comi bolachas e observei o pátio. O cão ladrava acorrentado à casota, tinha cerca de trinta centímetros de corrente, ou vinte centímetros, não teria mais de vinte centímetros de corrente, e o porteiro estava a falar com a Gyu-ri. De que falariam eles? O porteiro pareceu apontar para a minha janela, apontou com um indicador para a Casa Lótus, sem dúvida para o primeiro andar, quase de certeza para uma das minhas janelas. Eu já estava a acartar com as culpas de alguma coisa... talvez do arbusto seco... ou de alguma perversidade cometida naquela noite. A Gyu-ri e o porteiro caminharam em direção à mangueira enrolada, «o português fez isto e aquilo», diria ele, quase apostava, sim, talvez arcasse já com as culpas de algum ato reprovável do Kim... eu era sempre o culpado... tal qual na residência literária na Letónia, em que eu participara no ano anterior. Aí, a máquina de lavar a loiça começara a largar espuma, o chão da cozinha ficara inundado, tivéramos de tirar água às baldadas, e eu acartara com as culpas todas, quando tinha apenas posto um pouco de detergente na máquina... a água escorrera pelo corredor, saíra da máquina em golfadas... com espuma! O gato preto da residência, assustado, pedira-me que lhe abrisse a porta com um miado e depressa fugira para o exterior, estava a nevar e eu fechara de imediato a porta, mas a espuma escorrera pela frincha, a água quente derretera a neve, todos podiam ver a água vinda da cozinha. O azar perseguia-me. O azar e a desconfiança. Em Seul, logo no primeiro dia, o porteiro perguntara-me se eu era italiano. Eu chegara à residência no feriado de 1 de maio, e, como o portão estava fechado com um cadeado, tocara à campainha. A Beatriz aguardava-me, ainda com as suas malas, na rua, o cão ladrara na casota e o porteiro acorrera ao portão, abrira-mo.

— *Senhora*? — dissera ele ao apontar para a Beatriz e depois para a designada Casa Lótus.

— Não, não, não vem para aqui! — respondera eu, e abanara a cabeça.

Depois, mostrara-lhe os meus papéis, mencionara-lhe a Gyu-ri, ele anuíra, guiara-me até à designada Casa Lótus e perguntara-me se eu era italiano, porque ele pensava que o novo residente era um escritor italiano, e eu mostrara-lhe o meu passaporte de forma a evidenciar a minha nacionalidade, a fim de não restarem dúvidas. Atuara de modo semelhante quando travara conhecimento com o Sr. Kim, esse então não percebia inglês nenhum, vira-me obrigado a mostrar-lhe o passaporte para que lesse «Portugal». Ele não entendera nada. O sujeito não sabia ler o alfabeto latino, portanto, para que queria ele o manuscrito da espanhola? Pura soberba, ou fingimento, ele talvez soubesse ler em espanhol, ou então eu ter-me-ia porventura enganado, o Kim quiçá saísse pela calada da noite para se dedicar a taras e atos aberrantes, nada que ver com manuscritos.

Peguei na cafeteira. Enchi uma caneca com água quente, pus-lhe uma saqueta de chá dentro, traguei uma bolacha, molhei uma outra bolacha no chá, procurei o telemóvel, encontrei-o num bolso das calças, constatei que tinha algumas notificações de e-mails recebidos. Abri a caixa de entrada e li o e-mail mais recente, enviado há algumas horas pela Beatriz, onde estava escrito somente: *Acho que estou grávida.* Reli essa frase curta, pousei o telemóvel e comi mais uma bolacha.

IV

O detetive estava a usar um casaco preto de couro e uma camisola azul suja, manchada de salitre pouco acima da cintura. Arrastava também areia nas solas dos sapatos. Caminhava de um lado para o outro e largava areia, a areia espalhava-se pelas tábuas do soalho, e numa das pernas das calças tinha colada uma alga seca. Sentia um odor a maresia sempre que ele passava diante de mim.

— Pode ajudar-me a escrever o seu nome?

— Com certeza — respondi.

— Anote-o aqui, por favor.

Deu-me um caderninho e uma caneta. Escrevi o meu nome em maiúsculas numa folha em branco, pousei o caderno na mesa e, com a caneta, apontei-lhe letra por letra, enquanto pronunciava Rooodrrriigooo. Ele espreitou sobre o meu ombro, eu repeti o meu nome.

— É esse o seu apelido?

— Não, é o meu nome próprio.

— Então não escreveu o apelido?

— Não, não escrevi.

— Pode escrever também o apelido? — perguntou.

Escrevi o meu apelido noutra folha do caderno, usei de novo letras maiúsculas, para que as percebesse. Ele olhou para o papel.

— E como se pronuncia?

— Oliveira. Ollliiiveiiiira.

O detetive cirandou pela sala, tentou repetir o meu apelido, titubeou, não conseguiu proferir todas as sílabas. Os seus passos contínuos deixaram-me estonteado, sonolento, adormecera pouco depois de receber a mensagem da Beatriz e não lhe respondera. Tanto quanto esperava, encontrar-nos-íamos como combináramos de antemão. Não era meu hábito, mas deitara-me de manhã, após ler a mensagem e beber o meu chá, e, ao acordar, a Gyu-ri e o porteiro já não conversavam no exterior, havia mais alguns carros estacionados no pátio, o cão dormitava à sombra da casota, o ambiente começava a aquecer, era quase hora de almoço, então resolvera descer até à cozinha, iria saltear cogumelos com massa asiática. A Gyu-ri interpelara-me à entrada da cozinha, conquanto eu tivesse entrado no rés do chão da dita Casa Lótus pela porta traseira, a da lavandaria, à qual se acedia por meio das escadas de cimento estreitas e desprovidas de iluminação artificial, de noite era apenas possível descê-las ou subi-las com recurso à palpação. Fora por essas escadas que, inclusive de dia, se poderiam revelar *fatais*, porque eram íngremes e o cimento escorregadio, que eu acedera ao rés do chão. Deixara as minhas botas na lavandaria, abrira com todo o cuidado a porta da sala de conferências e deslocara-me até à cozinha, mas apesar de toda esta cautela. A Guy-ri avistara-me e logo esbracejara, acenara-me com uma profusão de sinais, torcera e enlaçara dedos, mãos, pulsos, braços, não havia escapatória, aguardara-a no vão da porta.

— Olá, olá, bom dia! Pode dar-me um minutinho? — dissera ela.

— Com todo o gosto — respondera eu, e apoiara-me no puxador da porta.

— Está cá um polícia que quer falar consigo.

— Um polícia? — eu não tinha visto nenhum carro da polícia estacionado diante do edifício.

— Sim, ou melhor, um detetive. Está a investigar o desaparecimento da escritora espanhola.

— Ah, então é isso. E o que é que ele me quer?

— Nada de especial, mas pediu para falar com todos os funcionários e escritores. Com todos, sim, com todos. Não se preocupe, ele fala inglês. Se não se importa, pode conversar com ele agora? Pode?

— Posso, sim.

A Gyu-ri pareceu aliviada, apanhara mais um tanso em boa hora. Toda a arquitetura da Casa Lótus propiciava aqueles encontros casuais, afinal, não havia como não nos cruzarmos uns com os outros, porque a escadaria interna estava bloqueada, podendo ser utilizada somente em caso de emergência, apenas e só em caso de extremo risco de morte, embora fosse capaz de apostar que a porta que lhe dava acesso no primeiro andar estava trancada a cadeado, impedindo assim qualquer fuga de emergência, a menos que se recorresse ao uso de um machado ou de um aríete, mas isto era pura especulação, pois nunca investigara em pormenor o fundo do corredor no primeiro andar, ouvia aspiradores e grunhidos sempre que aí me deslocava, bastava dirigir-me a meio do corredor, onde me servia por vezes do dispensador de água, para ouvir os estranhos ruídos na ala esquerda do corredor, situavam-se aí os quartos do Kim e do jovem poeta, não sabia ao certo onde se alojava a mal-encarada, e perguntava-me com frequência por que motivo estavam aquelas escadas obstruídas, obrigando os residentes da Casa Lótus a uma deslocação exterior, a enfrentar sol, chuva, vento, granizo, neve até chegar à cozinha e áreas comuns. Agora, tinha ali a minha explicação, uma explicação lógica: aquele desconforto a que nos submetiam tratava-se, no fim de contas, de um compromisso com a segurança, decerto não haveria qualquer mal em levar sacos de comida dos frigoríficos nos nossos apartamentos até à cozinha, entrando no rés do chão pela área reservada aos funcionários ou pela lavandaria esconsa... e de chinelos... ou pijama... assim, asseguravam-se de que ali não entrava a minha namorada… isso é que era essencial… a missão crucial para um serviço de vigilância deveras eficaz e discreto. Bizarro como uma escritora havia desaparecido sob tão apertada supervisão, talvez valesse a pena sugerir à polícia que investigasse a possível cumplicidade de um dos funcionários, alguém que controlasse as chaves e os cadeados, os códigos numéricos, e assim cogitando entrei na cozinha e logo dela saí. A Gyu-ri gritou o meu nome e surgiu à porta da sala de conferências com um indivíduo de aspeto seboso e de olhar mortiço. Ela foi-se embora de imediato, eu sentei-me à comprida mesa de reuniões. O detetive apresentou-se, chamava-se Mun, mostrou-me um cartão de identificação da polícia e um papel com o seu nome escrito em maiúsculas, e logo começou a deambular pela sala.

— Oliveiiiraaa — repetiu ele.

Depois de aparentemente se sentir satisfeito com a pronúncia do meu apelido, o detetive puxou uma cadeira e sentou-se à minha frente, sorrindo um pouco.

— Sr. Oliveira, prometo que não lhe tomo muito do seu tempo, só lhe faço estas perguntas por uma questão de rotina.

— Eu nem conheço a senhora que desapareceu.

— Eu sei. O senhor chegou à Coreia do Sul no dia 1 de maio, correto? — perguntou.

— Sim, correto.

— Entrou no país pelo aeroporto de Incheon, presumo.

— Sim. Até lhe posso mostrar o carimbo no meu passaporte — enfiei a mão no bolso das calças, para daí tirar o passaporte.

— Não é necessário, Sr. Oliveira.

Era tarde de mais, eu já sacara do passaporte e exibia-o em cima da mesa. Abri-o com muito vagar e folheei-o até à página onde se encontrava o carimbo dos serviços de fronteiras do aeroporto de Incheon, todavia, não me fiquei por aí e folheei o passaporte para a frente e para trás, porque deste modo o detetive tomaria nota de que eu estivera já no Canadá e no Japão, sendo, por conseguinte, uma pessoa idónea e bem-vinda em todo o mundo.

— Basta, Sr. Oliveira. Obrigado.

O meu cosmopolitismo não despertava o seu interesse; a sua falta de curiosidade profissional era deveras lamentável, e guardei o passaporte no bolso.

— O senhor veio acompanhado, correto?

Ah, voltávamos à companhia! O detetive estava já bem informado e eu não sabia, na verdade, porque precisava de me perguntar o que quer que fosse.

— Sim. Vim com a minha namorada, que está alojada aqui perto.

— Hmmm — disse o detetive Mun. Folheou o seu caderno.

— Ali em cima, no morro, depois da igreja que tem uma cruz de néon, vira-se à direita e sobe-se umas escadas de cimento, é lá que ela está. E veio comigo.

— Com certeza.

— Quer a morada do alojamento? O contacto? Posso ir lá acima, ao meu quarto — levantei-me. — Faço-o com todo o gosto.

— Sente-se, Sr. Oliveira, não se maçe com isso, não é necessário.

Sentei-me e arrastei a cadeira para mais perto da mesa.

— Sabe, gostaria de almoçar, se fosse possível. Tenho encontro marcado com a minha namorada para daqui a pouco. Talvez até já saiba disso, hã?

— O quê? Bem, não demoro muito mais, prometo-lhe — o detetive tirou uma caneta do bolso e encontrou uma folha limpa num bloco de notas.

— Sr. Mun, eu nem sequer sei como se chama a escritora desaparecida. Como o posso ajudar se nem sequer sei como se chama? Que envolvimento teria eu neste caso quando não sei o nome da mulher?

— Há quem mate pessoas sem saber como se chamam.

O detetive Mun tinha razão, isso há que lhe conceder, pois comete-se todo o género de crimes e atrocidades sem que se saiba tão-só o nome próprio da vítima. Há quem tenha a desfaçatez de esventrar uma pessoa sem lhe perguntar como se chama, ou de a atropelar e deixar estendida numa estrada, de madrugada, sem parar para lhe verificar os documentos.

— Mas acha que a mataram? — perguntei.

O detetive batucou com a caneta no bloco de notas.

— Não acho nada, Sr. Oliveira, só fiz um comentário geral e sem ligação ao caso. Além disso, há poucos homicídios na República da Coreia.

Chegávamos, por fim, ao busílis da questão: havia poucos homicídios na República da Coreia, portanto, poucos eram os cidadãos da República da Coreia que cometiam homicídios, dado que a República da Coreia era habitada por uma população bastante homogénea de sul-coreanos. Na República da Coreia, também conhecida como Coreia do Sul, residiam quase exclusivamente cidadãos sul-coreanos, que, como é natural, cometiam poucos homicídios, já que durante um ano, também designado como ano civil, ocorriam, sem dúvida, em termos estatísticos e para todos os efeitos analíticos, poucos assassínios na República da Coreia. Em suma, a haver um acréscimo de homicídios na dita República da Coreia, à polícia não restava mais do que averiguar qual a influência de eventuais fatores externos, entre eles os cidadãos estrangeiros que, de forma temporária ou permanente, residiam na República da Coreia, no referido aumento de assassínios, ainda que os cidadãos estrangeiros *não estivessem* no território da República da Coreia quando dos homicídios, incluindo o da minha colega escritora, embora nesse ponto eu não fizesse mais do que especular, porque aquela provável vítima de homicídio, também ela uma cidadã estrangeira, poderia ter desaparecido e só depois ter sido assassinada. Em suma, eu não estava na República da Coreia à data do seu desaparecimento, contudo, poderia estar no país à data do seu homicídio, e isso fazia toda a diferença, pois estava fora do país quando do princípio do seu estado de desaparecida, mas não necessariamente quando da sua passagem ao estado de falecida.

— E como se chama a escritora desaparecida?

— Não lhe disseram? Hmmm, se não me engano na pronúncia... — o detetive Mun consultou os seus apontamentos e mostrou-me um papel com letras latinas. — Rute Gorigoitia.

Estendeu o braço sobre a mesa, nova lufada de maresia, apontou para o papel, eu não disse nada, ele insistiu.

— Pronunciei corretamente?

— Como quer que o saiba? Não sou espanhol.

— Pensei que...

Eu percebia perfeitamente espanhol, mas preferi tratar o assunto desta forma, para que ele não se habituasse a certas facilidades. Nada de ajudas por conta de supostas proximidades geográficas e culturais, não podemos ceder. De facto, muitas pessoas acreditam que podem obter auxílio ou retirar vantagens de situações onde há uma certa proximidade geográfica e até cultural entre dois ou mais indivíduos. Essas pessoas tendem a aproveitar-se da proximidade geográfica ou até cultural de dois ou mais povos, ou dos representantes de dois ou mais povos, para arrancar a outrem todos os proveitos que essa suposta proximidade lhes poderá proporcionar, nem que para esse fim tenham de causar a esses indivíduos um grande *transtorno* ou *desconforto*, como o que eu sentia naquele momento por causa da fome e da cadeira, bastante dura, em que estava sentado.

— Peço desculpa — disse ele.

— Não há problema — olhei para o relógio na parede da sala. — Sabe, preciso mesmo de cozinhar e almoçar. Tenho compromissos, como entenderá.

— Claro, claro. Queria apenas fazer-lhe mais uma pergunta: apercebeu-se de alguma coisa estranha na residência desde que cá chegou?

Alguma coisa estranha! Os arbustos secos... um homem desprovido de pescoço que se escapulia da Casa Lótus a meio da noite, para logo reaparecer sujo e a mastigar sabe-se lá o quê... sacos cheios de pacotes de leite, que entrechocavam com um baque aquoso... um cão preso a uma corda de vinte centímetros...

— Não — disse eu. — Nada de estranho.

— Nenhum visitante invulgar, nada que atraísse a sua atenção?

— Não, nada.

— Pois muito bem. Vou só deixar-lhe o meu cartão, caso precise de me contactar — disse ele, e apresentou-me um pequeno cartão de visita em coreano. Sublinhou alguns dígitos num dos cantos do cartão. — Este é o meu número, pode telefonar se vir ou ouvir alguma coisa que lhe pareça relacionada com o caso. Ou se se lembrar de algum pormenor.

— Obrigado.

O detetive Mun arrastou a cadeira para trás e levantou-se com lentidão, deixara alguns grãos de areia no tampo da mesa, eu também me levantei.

— Descobriram o cadáver na praia? — perguntei.

— Como? O que disse? — o detetive pareceu surpreendido.

— Descobriram o corpo da escritora espanhola na praia?

— Não, não.

— Então foi noutro sítio? Na floresta? Numa valeta?

— Não, não encontrámos corpo nenhum, Sr. Oliveira. São apenas perguntas de rotina. Não temos um cadáver. A senhora deve aparecer sã e salva um dia destes.

— Pois, estou a entender — disse eu.

Fiz-lhe um sinal, comigo o segredo estava bem guardado, não havia nada a recear, nada de fugas de informação. Por aquela altura, a tal Rute devia ter caranguejos na boca e uma tonalidade azul-arroxeada, e com aquele calor, aquela humidade, estaria num belo estado de decomposição, seria um cadáver nauseabundo na praia. Se, por outro lado, a houvessem abandonado numa floresta, ou num terreno alagadiço, ofereceria um esplendoroso espetáculo de putrefação.

— Obrigado pelo seu tempo, Sr. Oliveira.

— De nada.

— Se se lembrar de alguma coisa, contacte-me.

— Assim farei.

O detetive Mun afastou-se da mesa, dirigiu-se à porta da lavandaria, abriu-a, observou a divisão, uma máquina de lavar estava a centrifugar, sim, encontrava-se em plena centrifugação, o ruído era inconfundível, um som universal, o Mun apercebeu-se do engano, fechou a porta, indiquei-lhe o corredor, ele inclinou a cabeça em agradecimento, entrou no corredor, dirigiu-se à secretaria, eu regressei à cozinha, pus água a aquecer numa panela e depressa comecei a cortar os cogumelos.

— Então, como vai a escrita? — gritou a Gyu-ri ao entrar na cozinha.

Assustei-me, a faca escapou-se-me da mão e cortei-me no indicador esquerdo. Grunhi de dor, soltei alguns impropérios, insultei a Gyu-ri em português. Inicialmente, o sangue jorrou com lentidão, depois mais depressa, caiu em gotas na bancada. Acorri à torneira, coloquei a mão sob água fria, o sangue escorreu em fio, a Gyu-ri acercou-se de mim.

— Oh, cortou-se!

Continuei a praguejar, a Gyu-ri abriu um dos armários e dele retirou um estojo de primeiros socorros, deu-me um penso rápido, apliquei-o no dedo depois de secar a mão. O corte era profundo, continuei a sangrar sob o penso, ela ofereceu-me outro penso e apliquei-o sobre o primeiro, já ensopado. Virei-lhe costas, ouvi-a arrastar uma cadeira para se sentar, ouvi-a sentar-se, eu nada disse, ela também não, retomei a confeção do almoço. Acabei de cortar os cogumelos, pu-los na frigideira, juntamente com óleo de sésamo, piquei cebolinho, levantei a tampa da panela e por fim sentei-me à frente da Gyu-ri, para descansar um pouco.

— Deixe-me ver esse corte, por favor — pediu ela.

— Não pense mais nisso.

— Por favor, permita-me. Sou sua supervisora!

Ah, ela puxava dos galões.

— Não se preocupe — disse eu.

— Como não me preocupar? Com tanto sangue. Deixe-me ver.

— Está bem.

Estendi a mão, a Gyu-ri tomou-a nas suas, virou-a e revirou-a, aproximou o dedo ferido da cara.

— Peço desculpa!

— Está desculpada — e retraí a mão.

Ela arrastou a cadeira para a frente.

— Como lhe corre a escrita? — perguntou a Gyu-ri. Insistia.

— Esplendidamente.

— Ainda bem. Avançou muito desde ontem?

— Muito. Mais ou menos isto — ergui a mão esquerda e afastei o indicador do polegar cerca de um centímetro, ela ficou boquiaberta, eu aumentei a distância entre os dedos. Cinco centímetros, oito centímetros, ou mais. Algumas gotas de sangue caíram na mesa, ambos fingimos não as ver, falei de novo. — E o livro, quando acabado, vai ter esta grossura.

— Não me diga, é impressionante. Tão espesso, é incrível. E tudo escrito durante um mês passado na residência?

— Sim, claro. Noutro sítio não teria disposição para escrever tanto, há tantas distrações e afazeres, contas a pagar, a limpeza da casa, e por aí fora.

— Sem dúvida, a limpeza, sim — disse ela, e baixou o olhar antes de acrescentar —, eu mostrei-lhe o aspirador do andar de cima?

— O aspirador?

— O aspirador — disse ela.

— O que está no corredor, perto do dispensador de água? — perguntei.

— Sim, esse mesmo.

— Não mostrou, mas já o vi.

— E usou-o?

— Não, não usei.

— Não sabe como funciona?

— Presumo que saiba. Liga-se à corrente, prime-se o botão, ele aspira.

— O porteiro devia ter-lhe mostrado o aspirador.

— Não mostrou.

— E a cozinha?

— A cozinha sim, mostrou. Até me explicou como ligar e desligar o gás — havia um pequeno redutor digital na parede da cozinha que permitia controlar o fluxo de gás e, por conseguinte, o funcionamento do fogão. — Sei usar o fogão, o gás também, sim, sim.

— Então está bem — disse ela.

Fez-se silêncio, peguei num guardanapo de papel e limpei a mesa, amarfanhei o guardanapo sujo, a Gyu-ri arregalou os olhos, seguiu os meus movimentos, provavelmente queria ver se punha o guardanapo sujo no caixote amarelo, onde estava o saco amarelo do lixo biológico, contudo, nisso é que não me apanhavam, ninguém havia de me ver a pôr lixo não biológico num saco de lixo biológico, e ainda menos a encher um saco de lixo amarelo, um saco dos chamados *resíduos biológicos*, ou, para ser mais correto, ninguém havia de me apanhar em flagrante a pôr o que quer que fosse num saco amarelo, dos chamados resíduos biológicos, porque isso equivaleria a confessar que eu usava o saco amarelo inserido no pequeno caixote do lixo, também ele amarelo, e isso é que é eu não queria admitir nem podia permitir de maneira nenhuma, a fim de não me ver na obrigação de comprar sacos do lixo amarelos, portanto, levei o guardanapo até ao caixote branco, para onde atiravam lenços e papéis sujos. Ela recostou-se na cadeira.

— Eu mostro-lhe como funciona o aspirador — disse a Gyu-ri.

— Não se preocupe com isso, sei usar um aspirador.

— Mas é melhor mostrar-lhe. No manual sobre as regras e equipamentos da residência não há nada acerca do aspirador, nada sobre o funcionamento do aspirador. Vamos lá.

— Agora? Mas estou a cozinhar.

— Não demora nada. Só dois minutos.

O que podia eu fazer? Acedi, deixei o almoço em lume brando, saímos da cozinha. A Gyu-ri dirigiu-se ao corredor, eu, à lavandaria, ela virou-se para trás ao sentir que não a seguia, disse-lhe que tinha as botas na lavandaria, ela prosseguiu pelo corredor, calcei-me, subi as escadas estreitas, encontrámo-nos ao fundo da escadaria exterior entre o rés do chão e o primeiro andar, subimos os degraus, hesitámos um pouco diante da porta, ela estendeu um braço em direção ao teclado da fechadura, eu fiz o mesmo, gerou-se um impasse. Por fim, fui eu quem digitou o código, a porta destrancou-se, entrámos no átrio, estava fresco, um alívio, descalçámo-nos.

Ela abriu a porta de correr do átrio e logo se dirigiu ao centro do corredor. Estacou diante do dispensador de água, agarrou o cabo do aspirador, ligou-o à tomada, o aspirador trabalhou de imediato, ela surpreendeu-se, disse algo em coreano, uma interjeição, que terá dito?, arrastou o aspirador, puxou-o pelo cabo, era um belo aspirador, branco, brilhante, moderno, não me importaria de ter um igual em casa. Formidável... e sugava o lixo... com intensidade, sem se necessitar de o passar uma segunda vez pelo mesmo ponto... ou uma terceira vez... ela encaminhou-o até um novelo de fios e, em seguida, a uma bola de cotão, o aspirador engoliu-os num ápice, dava que pensar! A Coreia do Sul estava no topo, não havia como batê-los em tecnologia... com aqueles aspiradores, só um espírito beatífico ou santo evitaria a inveja... de minha parte, e, embora não fosse um grande admirador de aspiradores, estava embevecido, quase em êxtase com as linhas do modelo, com o seu poder de sucção.

A Gyu-ri afadigou-se, no meio da barulheira nem sequer olhou para trás, parecia ter-se esquecido de mim, ponderei escapulir-me e regressar aos meus cozinhados, mas presumi que ela acabaria por acordar do seu transe higiénico em tempo útil, impedindo-me de salvar o almoço. Entretanto, encostara-me à parede a fim de a deixar passar, ela continuou a tartamudear em coreano, o fio elétrico ora se retesava ora se enovelava, conforme o andamento cabisbaixo da supervisora. De súbito, levantou a cabeça e mirou-me.

— Quer que lhe mostre como aspirar o quarto?

Grotesco! O seu rosto estava contorcido numa expressão de fúria fanática e temi pela minha segurança, não pude recusar-lhe um desejo tão explícito. O trabalho transtorna, de facto, uma pessoa, o labor não passa de uma brutalidade física e espiritual, de uma vileza, é o verdadeiro embrutecimento do ser humano. Depressa saquei da chave e abri a porta, ela não se deteve um só instante, entrou de supetão no meu apartamento, arrastou o aspirador pela sala, invadiu o quarto de banho, tomou de assalto o quarto, enfiou o aparelho debaixo da cama, apalpou o colchão.

— Tem aqui um belo colchão, Rodrigo.

Não respondi. O ruído do aspirador reverberou pelo quarto, ela apalpou de novo o colchão, aspirou os rodapés e a mesa de cabeceira.

— Ah, está a ler uma autora sul-coreana — disse ela. — Lê na cama?

— Sim.

— Antes de dormir?

— Antes e depois. Também gosto de ler quando acordo.

— Ajuda a relaxar, não é?

Sem esperar por uma resposta, começou a aspirar o edredão, que estava estendido sobre a cama, depois encostou o aspirador, ainda ligado, à cabeceira, o cabo apoiado na diagonal, deu algumas palmadas ao edredão, mais algumas ao colchão, abriu a janela, fechou a janela, suspirou, o aspirador continuou ligado, ela sentou--se na cama.

— É um colchão confortável.

— Não é mau — retorqui.

Ela entrelaçou os dedos, sacudiu o cabelo, cheirava bem, apesar do travo a fumo, o seu odor abaunilhado agradava-me, sorriu, baixei os olhos, consultei o meu telemóvel, fazia-se tarde.

— É melhor voltar ao andar de baixo — sugeri.

— Como disse?

— Disse que é melhor voltar lá para baixo. E desligar o aspirador.

— Sim, sim.

Desligou o aspirador, contudo, sentou-se na cama.

— Sabe, em breve vamos ter uma avaliação. Vem cá uma comissão do governo — disse ela.

Preocupava-me mais o almoço. Anuí, encostei-me à moldura da porta.

— Esta situação não é nada boa — disse ela.

— Qual situação? A da nossa colega desaparecida?

— Sim, sim. Não parece bem.

— Acredito que não pareça bem.

— A comissão pode decidir diminuir o nosso orçamento. Nós pedimos um aumento. Como perceberá. Com os preços sempre a aumentar. Um pequeno aumento.

— Naturalmente!

— Temos as nossas despesas. Salários, contas de eletricidade, gás.

— As regas do jardim devem ser onerosas.

— Sim.

— E alimentar o cãozinho, não?

— Sim, dá alguma despesa — respondeu.

A Gyu-ri fitou um ponto na parede, abstraiu-se, abanou a cabeça devagar, assobiou baixinho, olhou para mim, sorriu, consultei de novo o telemóvel.

— Podemos descer? — perguntei.

— Com certeza. Tem aqui uma cama muito confortável — comentou ela.

— Todos os escritores residentes devem ter bons colchões, aposto.

— Não os experimentei — retorquiu.

Saímos do quarto. Ela não tocou no aspirador, agora desligado, eu também não. Tranquei a porta, calçámo-nos no átrio, descemos ao rés do chão, dirigi-me às escadas da lavandaria, pois pensava que ela se despediria de mim nesse momento, mas enganara-me, a mulher estava-me colada às costas, seguiu-me no carreiro, entrei na lavandaria, descalcei-me, ela fez o mesmo, porém, embateu contra as minhas costas e pediu desculpa. Sentira uma fraqueza momentânea, afiançou. Não havia motivo para tamanha debilidade, pensei. Talvez estivesse doente. Não seria fome, decerto já teria almoçado. Porque adormecera eu?, maldita hora, tivesse almoçado mais cedo e quiçá houvesse escapado, agora ela queria uma conversa digestiva, sentia-a ofegante, ansiosa por falar, fomos para a cozinha, os cogumelos não estavam ainda calcinados, pouco faltava para que o estivessem, mexi-os, aumentei o lume, arrumei alguns utensílios, ela abriu o frigorífico, serviu-se de chá, sentou-se, resolvi aproveitar a ocasião para tirar algumas dúvidas.

— A escritora desaparecida: a tal Rute, certo?

— Rute? — confirmou. — Sim, sim.

— Estava aqui na Casa Lótus?

— Ela? Não, estava alojada na Casa Grou. Ou melhor, *está* alojada na Casa Grou.

Contornei a mesa, regressei para junto do fogão, pus a massa na água, sentei-me.

— E o Sr. Kim? — perguntei.

— Esse é seu vizinho, está quase no apartamento ao lado do seu — respondeu. — Mas porque pergunta, há algum problema com o Sr. Kim?

— Nenhum.

— Pobre Sr. Kim. Tem tantas dificuldades — disse ela.

— A sério? Quem diria, nunca imaginei.

— É verdade. Sofre muito na profissão dele. Não vive só da escrita.

— Ah, não? Mas o que é que ele escreve? Que tipo de livro?

— Um pouco de tudo. Poesia, romances, livros infantis. Mas vende pouco. Tem outro trabalho, sabe?

— Pois, pois, percebo. O que é que ele faz quando não escreve?

— É vendedor. Representa uma importadora de bonecos ocidentais. Personagens de desenhos animados, sobretudo americanos. Peluches, porta-chaves. É terrível.

— Se é.

— Anda a pé por toda a cidade, carrega uma mala com amostras. Não o deixam entrar nos centros comerciais, tem de fazer negócio nas lojas pequenas. E ninguém quer comprar nada. Caminha sem parar pela cidade, até quando chove. Quando chove, imagine.

Imaginei o Sr. Kim, sem pescoço, a percorrer Seul com uma mala cheia de ratos Mickey, a entrar em lojas lúgubres com o seu guarda-chuva molhado, os peluches mofados na mala, com orelhas e caudas a sair-lhe da algibeira.

— Pelo menos deve arranjar muito material inspirador, há de ser uma ajuda para a escrita — disse eu.

— Coitado, não pode passar muito tempo sentado a escrever, por causa da coluna cervical. Tem um problema no pescoço, não sei se já reparou.

— Não dei conta.

— E tem também uma mãe idosa a seu cargo. Este período na residência é a única altura do ano em que pode escrever.

Levantei-me e mexi os cogumelos.

— Mas o sonho dele é, um dia, conjugar a escrita com a distribuição de cabazes de hortícolas ao domicílio — acrescentou a Gyu-ri. — Cabazes cheios de legumes.

— Um bom negócio, sem dúvida.

— Quer ter a sua própria frota de carros e motorizadas.

Continuei a mexer os cogumelos, escorri a água da massa. A história do Kim era deveras comovente, também ele não trabalhava nas melhores condições; visto de fora talvez parecesse ter boas condições de trabalho, ou inclusive condições que se poderia pensar serem ótimas ou próximas das *ideais*, no entanto, quem descobrisse a verdade depressa constataria que não eram ideais nem tão-pouco boas, eu compreendia-o, também não queria regressar aos meus trabalhos passados, aos armazéns e às cozinhas, onde se é por vezes tratado como *lixo humano*, mas onde nem sempre se é, diga-se a verdade, maltratado, e nos quais se é amiúde estimado ou mais estimado do que na área cultural, porém, não queria regressar a trabalhos onde há uma forte probabilidade de se ser maltratado e enxovalhado a troco, no fundo, de pouco dinheiro, porque é possível suportar-se enxovalhos ou um tratamento odioso quando se ganha bastante ou muito dinheiro, só não é possível suportar enxovalhos ou um tratamento execrável quando se ganha pouco dinheiro, pelo menos para mim é impossível, porque tal ideia contraria por completo a noção de trabalho, que tem como intuito o de se auferir rendimentos a troco de algum sofrimento. Eu, com sinceridade, queria ser rico ou abastado o suficiente para não trabalhar em área nenhuma, porque não tinha particular interesse em sofrer, mesmo escrever já pouco me dizia e preferia passar o dia deitado na relva a ler e a observar o céu. Não era rico e, perante a possibilidade de regressar a trabalhos em armazéns e cozinhas, onde é possível que sejamos bem tratados e, contudo, também provável que sejamos enxovalhados, ademais de sofrermos, mais cedo ou mais tarde, todo o género de sevícias, como queimaduras, entorses, cortes, lacerações, preferia trabalhar na área literária, pois escrever, traduzir e editar livros são atividades que, embora pouco propícias à riqueza material, comportam menos riscos de mutilação física.

— O Sr. Kim deve ter, pelo menos, a mesa bem orientada — disse eu ao juntar os cogumelos à massa escorrida.

— A mesa bem orientada? — repetiu a Gyu-ri.

— Virada de frente para norte. Há que escrever virado para norte.

— Acha que sim? Isso afeta-o?

— E de que maneira. Não fosse a minha mesa de trabalho estar voltada para oeste e já teria terminado o meu livro.

— Não me diga!

— Sim, digo.

Sentei-me para almoçar, a Gyu-ri susteve a respiração.

— Penso que há certos sítios onde escrevemos com mais facilidade — continuei. — Eu, por exemplo, escrevi as minhas melhores obras no meu antigo quarto, em casa dos meus pais.

Ela continuou a suster a respiração. Tentara esquecer-me da disposição da minha mesa no apartamento na residência, mas aquela era a mais pura verdade, eu escrevera as minhas melhores obras, ou trechos de obras, no meu quarto de adolescente, naquele quarto que, em casa dos meus pais, me haviam atribuído, que inclusive era meu já depois de sair de casa dos meus pais, quando já morava na minha própria casa, era nesse designado *meu* quarto que trabalhava com mais eficácia, escrevia mais páginas em menos tempo do que em qualquer outro lugar, porque aí estava também virado para norte, com a janela a oeste, e, além disso, virado para uma parede, sim, estava virado de frente para uma parede, acima de mim havia prateleiras cheias de livros, ali sentado era apenas possível olhar-se para a parede em frente ou para os livros em cima, pelo lado esquerdo entrava a luz natural, é esse o melhor lado para se obter a luz, natural ou elétrica, quando se é destro, incluindo as ocasiões em que não se escreve à mão, portanto, tinha em casa dos meus pais, no assim designado meu quarto, as melhores condições para a escrita, talvez não tivesse aí as melhores condições económicas para a escrita, mas encontrava aí as melhores condições para a escrita em termos de orientação espacial e ausência de distrações, ao passo que não as encontrava em Seul, por conseguinte, quiçá me fosse necessário reproduzir, em detalhe, o assim designado meu quarto, um quarto tal qual o que existia ainda na casa dos meus pais, a fim de criar uma obra de elevado valor artístico e potencial comercial, um romance de elevado valor literário e, em simultâneo, com um elevado potencial económico, e esse assim designado meu quarto é que eu não tinha à disposição nem parecia vir a encontrar em Seul.

Divaguei acerca desta questão, a Gyu-ri não me respondeu, suspirou, levantou-se, tinha boas pernas, afastou-se, desapareceu na penumbra da sala de conferências. Desliguei o fogão e o gás, a problemática da orientação solar de um quarto dedicado à mais profícua das escritas profissionais decerto desinteressava à Gyu-ri.

Apanhei um naco de cogumelos com os pauzinhos. Consultei o telemóvel, tentei mastigar mais depressa, recebi um e-mail, li-o, a Beatriz avisou-me de que estava um pouco atrasada, levantei-me, enchi um copo de água.

V

Certas ações são tomadas como garantidas e não se lhes dá o devido valor. Porém, seria necessário, ou pelo menos preferível, pensar no privilégio que é sentir sede e de imediato encher um copo de água com que a aplacar. Na verdade, esse é um dos grandes privilégios da civilização e de quem tem água canalizada em casa. O acesso a água canalizada e potável é uma das grandes benesses da vida em sociedade, porquanto evita o penoso processo de acorrer à fonte ou a um curso de água para recolher ou apenas beber água, processo que, aliás, não garante que a água pela qual tanta energia se despendeu seja potável, nem que, sendo recolhida num recipiente, como, por exemplo, uma bilha, chegue ao destino. Por outro lado, beber água canalizada é um processo simplíssimo: basta abrir uma torneira. Abrindo a torneira, a água jorra prontamente, a menos que esteja um frio extremo e a água congele nos canos, um cenário possível, todavia pouco provável as mais das vezes, sobretudo num clima como o da minha designada pátria ou na primavera sul-coreana. Aquele copo de água que, na residência, enchi e bebi antes de sair para me encontrar com a Beatriz é-me agora algo de difícil obtenção, não porque não tenha água canalizada em casa, mas porque ao abrir a torneira posso acordar o meu filho por causa do ruído, ou seja, não me é difícil obter água potável por não ter água canalizada ou por não pagar pela minha água canalizada, por dever dinheiro à companhia de fornecimento de água, mas tão-só porque posso acordar o meu filho, o que é um problema, embora, visto por outrem, tal problema pareça inexistente e eu um preguiçoso ou um sujeito deveras hesitante. Conquanto possa, de facto, ser um sujeito hesitante e preguiçoso, o meu filho acorda, por vezes, com o ruído da torneira a abrir, a água a cair no lavatório ou no aço inoxidável do lava-louça, e isso nada depende da minha preguiça ou hesitação, ele pode acordar mesmo quando me mostro ativo e decidido, essa é que é a verdade, contudo, visto de fora, por uma pessoa alheia à casa e ao modo como a nossa família interage, posso parecer preguiçoso e hesitante por não abrir uma torneira, nessa e noutras ocasiões, como a de anteontem à noite, seria uma da manhã, ou talvez duas, não mais de três horas da manhã, o nosso filho acordou, a Beatriz foi ao quarto dele, eu saltei da cama atarantado, tateei em busca do candeeiro, ele começou a chorar, ocorreu-me que talvez houvesse molhado os lençóis, ela tentou acalmá-lo, não encontrei o candeeiro, contornei a cama, bati com um joelho no armário, o baque reverberou na escuridão, prossegui de braços estendidos, dirigi-me ao quarto do nosso filho.

— Estás aí? — perguntei.

— Caluda — disse ela.

— Onde estás? — perguntei, tateando o ar. Senti a mão da Beatriz perto da minha, não logrei agarrá-la, o menino continuou a chorar. — Onde é que estás?

— Estou aqui — murmurou ela. — Não vês nada com esta luz?

Havia, no quarto, uma pequena luz de presença, em parte ocultada por uma camisola. Para mim, a escuridão era praticamente total, as minhas pálpebras estavam fundidas. A Beatriz serenou o nosso filho, ele parou de chorar, riu-se, tateei de novo o ar e encontrei a sua cabeça, aquele cabelo sedoso e bem-cheiroso.

— Papá? — disse ele.

A Beatriz mandou-o deitar-se de novo.

— Sim, sou eu. Dorme.

— Papá... tu?

— Sim.

— Papá, agora?

— Sim, ainda sou eu.

Voltei ao quarto, deitei-me, fraquejei de cansaço, como é meu hábito, entreguei a responsabilidade à Beatriz, de tarde eu teria de sair para trabalhar, ela trabalhava de manhã, chegaria ao local de trabalho mais cansada do que eu. As mulheres são mais fortes, há que admitir. Os homens são cobardes. Ainda assim, a cada um as suas dores, com certeza. As minhas pálpebras estavam ainda coladas, apercebi-me então de que tinha sede, não voltaria a adormecer se não bebesse, a Beatriz embalava e serenava o nosso filho, ouvia os seus passos no soalho, saí da cama e dirigi-me à cozinha, mas estaquei no corredor, perguntei-me se devia fazer a água correr naquele preciso momento, hesitei e fiquei em suspenso durante minutos.

Na Coreia do Sul, aquela questão não se punha, o nosso filho não existia, existia apenas em potência, o problema do ruído causado pela torneira era somente um problema potencial, de resto, nessa época nem me ocorreria ficar, um dia, em suspenso no corredor da nossa casa, sem saber se devia encher um copo de água ou não, tremi de frio diante da cozinha, na escuridão, em Seul, o Sol brilhava, o intenso ruído do trânsito envolvia-nos, a Beatriz foi a primeira a chegar ao cruzamento, vi-a no fundo da rua que unia o portão da residência à avenida, havia no cruzamento uma estação de lavagem de carros e, desde que chegáramos a Seul, jazia ali uma ratazana, os dias passavam e o corpo da ratazana era, aos poucos, espalmado pelas rodas dos veículos e endurecido pelo sol, agora restava a sua pele cinzenta, a Beatriz parou diante da ratazana, quase a calcou, estava decerto toldada pelo sol, ou pelos nervos, estuguei o passo, tirei a mochila das costas, corri o fecho, ofereci-lhe uma garrafa de água.

Ela aceitou a garrafa, bebeu um gole de água, caminhámos em direção à paragem de autocarros.

— Sabes o que é que a Gyu-ri me contou? O marreco vende bonecos, porta-chaves, bugigangas dessas. Produtos ocidentais.

Ela não me respondeu. Parámos assim que chegados à paragem, respirei fundo.

— Ratos Mickey! — gritei-lhe. Ela levou uma mão à cabeça, virou a cara.

Apanhámos o autocarro, em seguida o metro. Após quatro paragens subterrâneas, saímos da carruagem, subimos as escadas até à superfície. Percorremos aquela área, que estava repleta de lojas do mais variado género. Eram muitos os transeuntes. Durante a viagem subterrânea, descrevera-lhe a minha conversa com o detetive Mun, tentara abordar novamente as desventuras profissionais do Kim, tudo em vão, a Beatriz mantivera-se calada. Uma vez à superfície, sugeriu que entrássemos num restaurante para comermos alguma coisa, ela comera apenas cereais, tinha fome, optámos por um restaurante que servia, entre outras iguarias, legumes fritos, quase como se fossem *tempura,* mas sem serem *tempura*, abrimos a porta, o restaurante estava quase lotado, cheirava a óleo queimado e no chão abundavam as manchas de gordura e, em certos pontos, cabelos e restos de comida. Tratava-se, enfim, de um estabelecimento sem o mínimo de condições, tanto de higiene quanto de ambiência, o que afastaria *certos* clientes. Era de facto um estabelecimento com poucas ou nenhumas condições de higiene, o que afetava sobremaneira o conforto de *alguns* clientes que ali entrassem. A Beatriz logo torceu a boca, um funcionário gritou-nos «olá» em coreano, sorriu-nos, recuámos até ao passeio exterior, encostámos a porta. Parámos por um instante junto à montra, acedemos à Internet através da rede *wi-fi* daquele pardieiro e partimos em busca de um restaurante de tacos situado nas proximidades. Usámos o mapa no telemóvel para nos orientarmos, demos algumas voltas ao quarteirão, havia muita poeira no ar, uma tempestade de areia vinda do deserto de Gobi alcançara a península coreana. Bebemos água, tirámos as nossas máscaras das mochilas, cobrimos metade do rosto, debruçámo-nos sobre o telemóvel, virámo-lo de um lado para o outro, não encontrávamos os nomes das ruas, os números das portas. Por fim, ela avistou o nome do restaurante, localizava-se num primeiro andar, subimos as escadas, tirámos as máscaras.

Ao balcão, pedimos dois tacos de tofu, sem maionese, pagámos de imediato, o funcionário que nos atendeu era americano, sugeriu-nos que nos sentássemos, pois os nossos tacos demorariam um pouco a ser confecionados, sentámo-nos no terraço voltado para a rua, algumas mesas estavam ocupadas, não estava muito barulho, havia vasos de plantas em nosso redor.

— O que é que te aconteceu ao dedo? — perguntou a Beatriz.

— Cortei-me na cozinha. Mas já não me dói.

— Sangraste muito?

— Sangrei pouco.

Ela calou-se, eu também.

— Não dizes nada sobre a minha mensagem? — perguntou ela.

— O que hei de dizer?

— Nunca sabes o que hás de dizer — e arregalou-me os olhos, elevou a voz.

— Tem de se fazer um teste, um teste de gravidez! Logo, passamos numa farmácia, é isso mesmo que vamos fazer — garanti-lhe. — É preciso é saber onde há uma farmácia. Viste alguma?

A Beatriz abanou a cabeça, ela não tinha visto nenhuma farmácia, nem ela nem eu tínhamos visto uma farmácia, tão-pouco sabíamos onde encontrar uma.

Silêncio.

Ela pareceu furiosa, franziu o cenho.

Esperava porventura que lhe perguntasse como se sentia, ou que me mostrasse contente ou preocupado, que batesse na mesa e chorasse a minha sorte, bradasse a todos os desconhecidos ali presentes quão infortunado era, e eu ali, fechado na minha aparente frieza, numa apatia e numa frieza *aparentemente* bizarras e até pouco saudáveis. Enfrentava uma possível gravidez após uma só situação propícia à conceção: era um vexame, algo que eu jamais pensara ser possível. Falara diversas vezes em ter filhos, sem dúvida, contudo, jamais imaginara ser possível conceber um filho com um único ato sexual. É claro que sabia ser possível conceber um filho com um só ato sexual designado como *desprotegido*, a minha formação científica permitia-me saber que era tão possível gerar um filho com um só ato sexual dito desprotegido quanto com vários atos sexuais ditos desprotegidos. A minha formação científica e a minha formação básica enquanto ser humano permitiam-me saber que era tão possível conceber um filho com um só ato sexual quanto com vários atos sexuais, desde que não sujeitos a contraceção e, portanto, desprotegidos, e que, por vezes, acontecia inclusive conceber-se um filho com um só ato sexual para, mais tarde, não se lograr conceber um filho após a realização de vários atos sexuais, todos eles desprotegidos, no entanto, sabia também que conquanto fosse possível conceber uma criança ou aquilo a que, no início, se designa como embrião, e posteriormente como feto, com um só ato sexual, era muito mais provável conceber uma criança se se praticasse diversos atos sexuais, e confiara nessa simples verdade estatística a ponto de acreditar que jamais conceberia uma criança com um só ato sexual desprotegido. Na verdade, pensara que decorreria muito tempo e seriam necessários diversos atos sexuais designados como desprotegidos para conceber uma criança, não só porque era menos provável concebê-la com uma só tentativa, mas também porque eu era um sujeito com má coordenação motora e fraca apetência para o desporto e atividades físicas em geral, a que acrescia o facto de ter tentado doar esperma e tê-lo visto recusado por conta de uma suposta deficiência na forma dos espermatozoides, uma médica do centro de reprodução assistida ligara-me, estava eu no aeroporto, pronto para partir para o centro da Europa, e dissera-me que os meus espermatozoides, os que haviam recolhido de uma amostra por mim extraída no quarto de banho do designado centro de reprodução assistida, se moviam bem, mas que a percentagem de espermatozoides com um formato deficiente e, por conseguinte, inviável, era superior à desejada, pois aceitavam apenas *sémen da maior qualidade* no concernente ao número e motilidade dos espermatozoides, a fim de mais fácil e celeremente obterem uma fecundação. Segundo a médica, que me asseverou que esse pormenor não afetava a minha fertilidade de modo inelutável, era-me possível ter filhos, porém, era *provável* que tivesse de tentar fecundar a minha parceira com mais frequência e até insistência, porque, embora eu tivesse, na realidade, espermatozoides viáveis em número abundante, os meus espermatozoides viáveis existiam em número inferior ao desejável, ou pelo menos num número inferior ao tido como a média nos homens em idade fértil. Em suma, apesar de me ser possível gerar um embrião com um só ato sexual, era também *muito improvável* que eu viesse a gerar um embrião com um só ato sexual, e era por isso que aquela notícia me surpreendera e deixara deveras assolapado.

O funcionário serviu-nos os tacos e providenciou-nos um jarro de água gratuita.

— Tenham cuidado, por favor, os tacos estão muito quentes — avisou-nos ele.

— Certo, não se preocupe, obrigado — agradeci.

Não queimaríamos a língua, ninguém desejava tal aborrecimento, eles não queriam ser alvo de reclamações, nós não queríamos telefonar à seguradora com a língua dorida, portanto, como queimar a língua era algo que não interessava a ninguém, teríamos cuidado. Fitámos a refeição, cada um de nós tinha diante de si o seu respetivo taco, dividido em duas metades, peguei numa das minhas metades com um guardanapo e dei-lhe uma dentada, gemi e depressa enchi o meu copo com água.

— O que aconteceu? Queimaste-te? — perguntou a Beatriz.

Anuí com um movimento da cabeça e de olhos humedecidos pelas lágrimas, doía-me a língua. Consegui, a custo e com a ajuda da água, engolir o naco de comida que tinha na boca, esvaziei o copo, voltei a enchê-lo, bebi água, soprei sobre a comida, esperei que o taco arrefecesse um pouco, deixei cair algum do conteúdo na mesa, a Beatriz repreendeu-me e riu-se, provou o seu taco com delicadeza, tentei limpar a sujidade na mesa com um guardanapo enquanto mastigava. Então, abeirou-se de nós um ocidental alto e com um boné na cabeça.

— Olá. Está tudo a vosso gosto? — perguntou ele em inglês. Era americano.

— Sim, obrigada — disse a Beatriz.

— Ótimo, só queria saber se gostam, porque nos faltam alguns ingredientes. Gostam, sim? Se não gostarem, posso pedir ao pessoal da cozinha que vos faça outro taco. É que posso ir já à cozinha tratar disso.

— Não, obrigada, está tudo bom — retorquiu a Beatriz.

— Está bom — tartamudeei eu de boca cheia.

O americano de boné não se foi embora, continuou ao nosso lado, olhei-o de soslaio, dei uma dentada ruidosa no taco, ele não se mexeu um só centímetro, a sua presença incomodava-me.

— Vocês moram cá em Seul? Ou estão de visita? — perguntou.

— Estamos cá porque ele ganhou uma bolsa de escrita, está numa residência literária aqui em Seul — disse a Beatriz.

— Ah, sim? Uma residência de escritores aqui em Seul?

— Sim, é em Yeonhui — disse eu.

— Nessa zona há algo assim, há, acho que já ouvi falar — disse ele, ainda de pé, ao lado da mesa; estendeu-me a mão. — Sou o Evan, muito prazer.

— Prazer — disse eu, ainda de boca escaldada, dorida… restava-me, apesar deste atroz sofrimento físico, enfrentar também o martírio do convívio... o esforço da comunicação humana... prosegui. — Trabalha aqui?

— Sou o dono.

— Ah, claro, claro. É americano, certo? — disse eu.

— Sim. E vocês, de onde são?

— De Portugal — respondeu a Beatriz, que ainda não tocara, de novo, no seu taco, ao passo que eu continuava a tragar o meu. Queimara-me uma segunda vez, mas sofrera em silêncio, o taco estava efetivamente bom, o tofu bem preparado, os legumes e o molho picante combinavam na perfeição. Abri a boca para falar, mas cuspi, de forma involuntária, um pedaço de pimento, que caiu na mesa.

— Portugal? Interessante, quero lá ir há muito tempo. Nunca fui, a Portugal nunca fui, não, mas já fui a Espanha, é quase igual, não é? — disse ele, e pegou numa caixa de guardanapos que estava na mesa desocupada à sua esquerda. Pô-la na nossa mesa. — Dizem que é melhor visitar o país na primavera.

— Qual país? — perguntei, e cuspi mais um pouco de pimento para a mesa.

— Portugal.

— Ah! Pois... bem! — e cuspi um pouco de tomate para a mesa, sujei o penso no dedo. — Na primavera?

— Sim — confirmou o Evan.

— E quem disse isso?

— Um conhecido meu. Ou dois. É verdade?

— O que é que é verdade? — perguntei, e deixei cair molho nas calças.

— Esse taco é difícil de comer, não? — disse o Evan. — Vou trazer-vos um pratinho.

— Não é preciso — principiou a Beatriz, porém, ele já nos virara costas.

Um sujeito simpático, como amiúde o são os americanos. Têm as suas *opiniões*, no entanto, são conversadores e afáveis, lá isso são, quantas conversas não tivera eu com americanos em vários locais do mundo, em comboios, em barcos, mostravam-me fotos, em certa ocasião, um americano exibiu-me uma fotografia onde posava com a sua metralhadora, era sua ou emprestada, talvez alugada, estávamos os dois sentados lado a lado no comboio, eu disse-lhe que em Portugal não tínhamos direito a comprar e ter em nossa posse armas automáticas, ele enfureceu-se, disse que nos Estados Unidos também não podiam comprar armas automáticas, podiam apenas comprar armas *semiautomáticas*, nos Estados Unidos podiam somente adquirir armas semiautomáticas, não automáticas, os civis podiam apenas, pelo menos no estado do Massachussetts, e porventura noutros estados ou a nível nacional, mas com toda a certeza no Massachussetts, ter em sua posse armas semiautomáticas, jamais *automáticas*, esse americano, chamado Jeff e natural de Boston, Massachussetts, via-se, por conseguinte, impedido de possuir uma arma automática, tudo por culpa de uma insuportável intromissão estatal na vida do cidadão, Jeff estava impossibilitado de adquirir, de modo legal, uma arma automática a seu gosto, embora pudesse comprar uma arma semiautomática a seu gosto, automática é que não, nem pensar, essa é que era a verdade, como ele me deu a saber na sua cólera, era um indivíduo com quem se podia manter uma conversa. Os mórmons vizinhos dos meus pais também eram simpáticos, na minha cidade natal, a igreja local dos mórmons situava-se na rua dos meus pais, os mórmons queriam lavar-lhes o carro no Natal, levar a viatura ao mecânico, a fim de lhe fazer uma revisão completa, eram solícitos, os meus compatriotas não se lhes equiparam, nem a eles nem a outros povos, diga-se, os exemplos são abundantes, ora, numa outra ocasião, uns velhinhos suecos deram-nos boleia até uma paragem de autocarros em Lidingö, a Beatriz e eu estávamos perdidos por entre a neve e a floresta, pedi-lhes indicações assim que os avistei na estrada, eles ofereceram-se de imediato para nos dar boleia, eram completos estranhos mas a viagem correu sem problemas, nada que ver com os meus compatriotas. Na minha assim chamada pátria, dar boleia a alguém pode ser fatal. Eu tinha três ou quatro anos e o meu pai deu boleia a uma tia sua, portanto, uma tia-avó minha, levou-a à lota de uma das cidades vizinhas, mais concretamente à lota de Matosinhos, porque há que dar nomes às coisas, o meu pai encostou o carro à berma, desligou o motor e a tia abriu a porta para sair e seguir pelo passeio, e logo caiu ao chão, tropeçou assim que saiu do carro, tombou, prostrada, na berma, e alguns transeuntes começaram a gritar que o meu pai a atropelara, quiseram tirá-lo de dentro do carro… a populaça juntou-se… a velhinha estatelada no chão… alguns sujeitos deram socos e pontapés no carro, outros foram buscar cacetes e uma corda, certas pessoas juravam ter visto o atropelamento, seriam capazes de o testemunhar em tribunal, queriam linchar o meu pai, pois atropelara a velhinha… e linchá-lo--iam!… se a minha tia-avó não se houvesse erguido, apoiada nos cotovelos, e bradado que ele era seu sobrinho, que o meu pai lhe dera boleia e ela caíra ao sair do carro, era tudo um mal-entendido… os presentes riram-se, abraçaram-se com fraternidade, acabaram por se afastar… a minha tia-avó continuou prostrada até o meu pai a ajudar a levantar-se, compraram sardinhas, foram-se embora, tudo dentro da normalidade, da maior das normalidades.

O Evan não tardou a regressar com dois pratinhos metálicos e a pô-los à nossa frente. Apanhou, com um guardanapo, alguma da comida que eu deixara cair na mesa, dobrou o guardanapo e conservou-o na sua mão fechada, puxou uma cadeira, arrastou-a até à nossa mesa e sentou-se.

— Dão-me licença? — perguntou.

Demos-lhe licença, ele entabulou nova conversa, quis saber quanto tempo ficaríamos em Seul, se conhecíamos alguém no país, não conhecíamos, escreveu o seu e-mail num papel, caso precisássemos de alguma coisa, disse-nos que morava em Seul com a esposa, uma sul-coreana, tinham uma filha e Seul era uma boa cidade para se criar filhos, a seu ver era mais fácil e seguro criar filhos em Seul do que em Nova Iorque, ele era originário da cidade de Nova Iorque e, segundo ele, uma criança estava mais segura em Seul, porque podia caminhar sozinha pelas ruas, o único problema de Seul era a poluição atmosférica, o ar impregnado de fumos tóxicos e poeiras do deserto. Em termos de poluição, o Evan não considerava que Seul fosse melhor do que Nova Iorque, no entanto, preferia criar a sua filha na Coreia do Sul, onde também lhe fora mais económico abrir um restaurante como aquele, mais económico e mais fácil, por conta das licenças.

— Aqui a inspeção sanitária não é tão rigorosa — disse.

De acordo com o Evan, se comparadas com as autoridades sanitárias norte-americanas, as autoridades sanitárias sul-coreanas facilitavam a abertura de estabelecimentos de restauração, porque eram menos exigentes na higienização da cozinha e espaços de armazenamento de produtos alimentares. Pousei o meu taco no prato. A Beatriz ouvia, compenetrada, as informações disponibilizadas pelo americano, apesar de continuar a mastigar com convicção. É uma mulher caridosa, quem a observasse naquele momento diria que pretendia abrir um restaurante em Seul, tal era a sua atenção. Continuou a mastigar com delicadeza, eu fitei os restos do meu taco, agora mais frio, já comera a maior parte, peguei de novo no taco e dei-lhe uma dentada. O Evan sacou, então, de um novo papel, nele escreveu o nome do seu irmão, John, e a morada de uma igreja, o irmão era pastor nessa igreja, um verdadeiro missionário, que vivia para ajudar os outros e espalhar a palavra divina, adorava pessoas, o dinheiro para ele era secundário, o importante era promover a interação humana. Arrepiei-me, a interação e a bondade humanas dão-me calafrios. Por efeito da bondade de John, a congregação crescia a bom ritmo e, aos domingos, ofereciam pão, biscoitos e café diante da igreja. O pastor tinha a porta aberta todos os dias, o Evan mostrou-nos uma fotografia da igreja no telemóvel, disse-nos que podíamos passar lá a qualquer momento, o irmão falava fluentemente coreano e era um excelente guia da cidade, podia dar-nos dicas ou auxiliar--nos em diversas questões. Guardei o papel, agradeci-lhe a gentileza, ele reafirmou a sua satisfação em criar a filha em Seul, olhou para as heras que se estendiam dos vasos e trepavam pelas paredes de tijolo do terraço, depois fixou um dos prédios do outro lado da rua, o ruído do trânsito chegava-nos sem grande interferência. Ele fez menção de nos mostrar uma fotografia da filha e, então, comecei a achar tudo aquilo desagradável. Nós numa situação de incerteza, sem sabermos em definitivo se seríamos pais, e ele a perorar acerca da filha e da criação de filhos em Seul. Por outro lado, havia que concluir que o Evan saberia onde comprar testes de gravidez, não restavam dúvidas quanto a isso, e ponderei inquiri-lo, mas a Beatriz poderia não gostar, seria talvez indelicado. Acabei de comer o meu taco. A Beatriz também terminou o seu, o Evan pegou num guardanapo e na caneta, desejava anotar o nome de alguns restaurantes, perguntou-nos se procurávamos algum sítio em específico, qualquer sítio, não apenas restaurantes, eu disse que não, não precisávamos nem procurávamos nada, a Beatriz pigarreou e deu-me um ligeiro pontapé na canela, bebi mais um copo de água.

— Obrigado, é muito gentil — disse eu ao Evan.

Ele entregou-me o guardanapo e insistiu:

— Têm alguma dúvida, precisam de ajuda?

A Beatriz deu-me nova canelada, cocei o queixo, encolhi os ombros.

— Não, obrigado. Ainda estamos a conhecer a cidade. Não precisamos de nada.

Ele despediu-se, nós fomo-nos embora.

Uma vez na rua, a Beatriz afastou-se, não me disse nada, eu segui no seu encalço, com esforço, alcancei-a alguns metros depois, perguntei-lhe, enquanto arfava, qual era o problema.

— Devias ter perguntado ao americano onde podemos comprar um teste de gravidez — disse ela.

— Não me lembrei disso.

Caminhámos um pouco mais.

— Mas também não sou um idiota, sei safar-me sozinho! — gritei, e a Beatriz fitou-me.

Depois, sugeri-lhe entrarmos na primeira farmácia que nos aparecesse pela frente, se estivéssemos atentos havíamos de encontrar uma, só não déramos conta de nenhuma porque não estávamos atentos, ela aquiesceu, prosseguimos em direção a Yeonhui. Cafés, restaurantes, lojas de cosméticos, não faltava nada, mas farmácias é que não as víamos de maneira nenhuma, ela estugou o passo, eu estuguei o passo, transpirávamos, pedi-lhe que bebesse água, não se desidratasse, tirei a garrafa da mochila, estendi-lha, ela recusou a água, estugou de novo o passo, eu também, cogitei perguntar a um transeunte onde poderíamos encontrar uma farmácia, analisei as pessoas à nossa volta sem parar de caminhar, teria de escolher alguém que falasse inglês, decidi abordar um jovem com uma pasta sob o braço, e nesse momento avistámos uma farmácia.

VI

Estendi de novo a garrafa à Beatriz, ela pegou-lhe e sentou-se no lancil da montra da farmácia.

— Fica aqui a descansar, eu entro sozinho — sugeri.

Ela aquiesceu. Entrei na farmácia. Alguns clientes aguardavam a sua vez diante do balcão. As paredes do estabelecimento estavam revestidas, do chão ao teto, por caixas coloridas, todos os nomes e descrições das embalagens estavam, obviamente, escritos em coreano. Procurei uma máquina de senhas, não a encontrei, os clientes fitaram-me e logo perderam a curiosidade, pus-me a um canto. Acabaria por entrar um cliente e, assim, veria como tirar uma senha. O ecrã exibia palavras coreanas, frases coreanas, os números eram iguais aos nossos... pelo menos os números... todavia, no ecrã surgiam, ora fixos ora intermitentes, três números, corresponderiam decerto ao atendimento geral, ao atendimento prioritário, e o terceiro... não sabia... incrível, não sabia... quiçá um dos números, o mais alto, fosse o do atendimento geral, o segundo o do atendimento a idosos, o terceiro o do atendimento a grávidas e acompanhantes de crianças de colo, ou, então, o primeiro seria porventura o do atendimento geral, o segundo o do atendimento a grávidas e acompanhantes de crianças de colo, o terceiro o dos idosos. A dúvida! Ademais, exibiam, num retângulo que ocupava metade do ecrã, trechos de programas televisivos sul-coreanos, homens e mulheres a conversar em estúdios de cor berrante, e os números alteravam-se apenas na metade inferior do ecrã.

Três funcionários atendiam os clientes, e nenhum deles apresentava na sua respetiva área de balcão uma placa ou um dístico com um número, apenas um papel, colado a um suporte plástico, com caracteres coreanos. Observei, com minúcia, os papéis nos suportes de plástico e logo o ecrã. O primeiro número no ecrã era, quase de certeza, o do atendimento geral. Não tinha, no entanto, como o confirmar, todos os clientes me pareciam idosos, duas clientes inclusive idosas e grávidas. Uma impossibilidade! Regressei para perto da porta e da montra do estabelecimento. O vidro da montra estava pintado de branco, com caracteres coreanos verdes e roxos, bem como a palavra inglesa *pharmacy*, em letras também roxas, até cerca de metro e meio de altura. Espreitei sobre a secção pintada e constatei que a Beatriz permanecia sentada no mesmo sítio, tinha a garrafa de água na mão e parecia olhar em frente, ou talvez olhasse para o cimento do passeio, ela devia pôr a máscara, porque estava muito fumo na rua, abri a porta e saí.

— Põe a máscara, isto ainda vai demorar — gritei-lhe, e ela afugentou-me com um gesto da mão.

De volta ao interior da farmácia, espreitei acima da faixa pintada na montra e vi a Beatriz pôr a sua máscara. Atentei, então, à chamada dos clientes, não entrara ninguém depois de mim, duas ou três mulheres haviam sido atendidas e saído, o ecrã apitou e dois dos números mudaram, dois velhotes reagiram à alteração, um deles levantou-se de uma cadeira, perto de um escaparate repleto de frascos e boiões, o outro já se encontrava de pé, dirigiram-se ambos ao balcão, um à funcionária à esquerda, o outro ao funcionário no centro, mas, de facto, eram ambos idosos, não havia dúvida de que aqueles dois não eram grávidas nem acompanhavam crianças de colo, portanto, eram aquelas as circunstâncias. Dei alguns passos na direção de uma senhora sentada perto do escaparate dos cremes.

— *Excuse me* — interpelei-a. Ela virou o pescoço e fitou-me com um ar de asco, boquiaberta, de olhos arregalados. Meneou a cabeça, levou um lenço de papel ao nariz, assoou-se ruidosamente. Eu transpirara muito durante a correria até à farmácia, devia exalar um cheiro horrendo, não estavam habituados ao meu suor ocidental, àquele bedum acre. Tentei de novo. — *Excuse me*!

A mulher ignorou-me, os números no ecrã alteraram-se, a mulher levantou-se e dirigiu-se à funcionária à direita, e o cliente acabado de atender caminhou, com a sua bengala, até à porta de saída, segui-o.

— E então? — perguntou-me a Beatriz ao ver-me no passeio.

— Não têm testes de gravidez, estão esgotados. Só têm daqui a uns dias.

Ela levantou-se, sacudiu as calças.

— Falaram inglês?

— Sim, sim. Uma das funcionárias fala inglês. Pouco, mas fala.

Estendeu-me a garrafa de água, esvaziei-a.

— E agora? — disse ela.

— Agora procuramos outra farmácia. Ou esperamos que tenham outra vez testes à venda nesta apontei para a farmácia atrás de nós. — O que queres fazer?

— Decide tu.

— Mas o que te parece? — perguntei.

— Já te disse para decidires — retorquiu ela.

— Não sei. Achas melhor esperar ou procurar outra farmácia?

— Mas tenho de decidir e planear tudo? Nem sabes o que vamos ver hoje, pois não? O que é que vamos ver, diz lá — instou-me ela.

— Não sei, vamos a um palácio qualquer.

Que atração visitaríamos naquele dia? Eu não fazia ideia. A idade pesava-me, deveria ter tirado uma senha qualquer na farmácia, a normal, a de grávida ou de idoso, qualquer uma se adequaria, afinal, estava velhíssimo, a decadência principiara aos trinta anos e fora-me impossível detê-la, não que me esforçasse sobremaneira para a repelir, comia apenas os meus legumes, as minhas frutas, antioxidantes, talvez pudesse beber mais água, hidratar-me um pouco mais, não obstante, havia que aceitar a idade e as suas limitações, estava cansado para o resto da vida, padecia de cansaço perpétuo, trabalhar tornava-se um sacrifício, não me passava pela cabeça regressar aos armazéns e cozinhas, montar paletes, desmontar paletes, acartar caixas, cortar aipo, fazer molhos, céus, como alimentar um possível filho? A melhor opção seria escrever e rezar para ganhar algum dinheiro, no entanto, como escrever? A secretária virada para oeste impossibilitava um bom trabalho.

— Ouviste o que eu disse? — perguntou ela.

— Ouvi, claro.

Ela insistiu, quis saber o que é que eu ouvira, gerou-se um certo mal-estar, segundo ela, eu não ouvira nada do que me dissera, eu não queria saber de nada, estava-me borrifando para os problemas alheios. De acordo com a sua opinião. Foi-se embora, proibiu-me de a seguir, não queria ver-me até ao dia seguinte, rogou-me que a deixasse em paz, corri atrás dela, ela gritou, algumas pessoas olharam para nós, a Beatriz garantiu-me que gritaria mais se lhe tocasse ou não a deixasse em paz, estaquei.

— Então é isso que queres? Não quero saber de nada, pois não? Deixo-te em paz; até amanhã — gritei-lhe.

— És um adúltero! — ripostou.

Um comentário despropositado... ou talvez não... era um facto impossível de refutar, não havia como o negar, ela aturara as minhas traições, as minhas fraquezas emocionais. Eu amava demasiado, sofria de uma emotividade excessiva, de uma fragilidade intrínseca. Tentei responder-lhe, mas não me ocorreu nada que dizer. Ela desceu as escadas rolantes do metro, pensei segui-la, desci meia dúzia de degraus e quis voltar atrás. Tive de ser paciente e esperar que as escadas me levassem até ao fundo para só então regressar ao topo.

Ao descermos, separavam-nos alguns degraus. Chegado ao patamar entre os dois lanços de escadas, logo entrei na escada rolante ascendente e, uma vez à superfície, afastei-me sem rumo definido, deambulei, tartamudeei para comigo, soltei imprecações. Os transeuntes cruzavam-se comigo e afastavam-se centímetros, metros. Devia estar num estado lastimável. Decidi recompor-me, e para esse efeito procurei um estabelecimento no qual pudesse utilizar o quarto de banho. Entrei num café, dirigi-me de imediato aos lavabos, lavei a cara e as mãos, vi-me ao espelho. Estava com bom aspeto. Uma aparência sadia. Não podia exaltar-me, o prazo-limite da entrega do livro aproximava-se e só com serenidade o poderia escrever. E não tardaríamos a ir a Gyeongju. Teria de aproveitar aquelas horas livres para trabalhar, estava-se ainda a meio da tarde, saí do café, a inspiração andava pela rua, as pessoas reais estavam ali, histórias interessantíssimas prontas a recolher, a ceifar. Como a Beatriz levara com ela o meu caderno, regressei ao café, peguei num maço de guardanapos na mesa à entrada, saí, percorri alguns metros, entrei numa loja de conveniência, encontrei, junto à mesinha com boletins de apostas, uma caneta, surripiei-a e abalei dali, partindo em busca de um tema, de um episódio com que desencadear uma sequência de ações e ideias.

Ela iria ver como eu era capaz de trabalhar.

Caminhei até um parque junto ao rio. O céu encobrira um pouco, sentia-se no ar um calor abafado, algumas pessoas corriam e faziam exercício, ou passeavam cães, outras estavam sentadas na relva.

Uma mulher com cerca de trinta anos lia um livro, sentada sobre um casaco, perto da água. Abeirei-me dela com os guardanapos e a caneta na mão, o intuito: entabular conversa. Ocorreu-me perguntar como se chamava. Não, perguntar-lhe-ia qual a primeira letra do seu nome, e então esperaria que ela me perguntasse por que o desejava saber, que se mostrasse relutante, eu responder-lhe-ia que era escritor, interpelara-a porque gostava de a ver assim, sentada na relva a ler um livro, pois o local era encantador, não faltava verde à nossa volta, o rio em frente. Bucólico. Ela virou-se para trás, eu nada disse, a mulher pareceu-me então mais velha do que inicialmente supusera, bem como um pouco mal-encarada. Outra trombuda! Mirou-me de soslaio, como a um vagabundo com um lápis e um caderninho na mão... mas não era um caderninho... eram guardanapos... e eu com um penso ensanguentado no dedo... No entanto, que mal faria se assim pensasse, se me achasse um pedinte? Na pior das hipóteses, virar-lhe-ia costas e jamais a tornaria a ver. Não, não havia nada a perder. Contudo, aquele olhar com que me fitara coibiu-me, não atuei.

Avistei outra mulher ao longe, também ela sentada, encostada a uma árvore enfezada. Devia abordá-la? Decidi, ao invés, prosseguir até ao fundo do parque, avancei pelo relvado, passei por uma estátua e voltei atrás, comecei a acercar-me da mulher que, distante, parecia ter-se recostado ainda mais à árvore, aproximando-se de uma posição *horizontal,* mas encontrando-se ainda em posição *diagonal,* estaria a preparar-se para dormir ali deitada? Começava a parecer-me impossível concretizar o plano, levantou-se um vento forte, atacou-me as costas sem piedade, sim, a mulher estava deitada, apoiava a cabeça resguardada pelo casaco no tronco raquítico do arbusto, nem árvore chegava a ser, as pernas abriam-se-lhe em triângulo. Era quase obsceno! De repente, soergueu-se, olhou em volta, observou o horizonte, passei por ela, à direita dos arbustos, ela mexeu o pescoço, hesitei, falava-lhe, não lhe falava? E se ela chamasse a polícia, se gritasse por ajuda? Um vexame. A mulher pegou num lencinho azul e assoou-se, os nossos olhares encontraram-se por segundos, desviámo-los de imediato e ela deitou-se novamente.

Acobardei-me.

Surgiu, então, um homem com dois cães, e eu ali, naquelas circunstâncias, com aquele vento forte, o céu encoberto. Desisti em definitivo, talvez interpelasse outra mulher... caso tivesse coragem... percorri o parque, guardei os guardanapos na mochila, cruzei-me com muitos transeuntes, casais de idosos, criancinhas, cães. Era inútil, impossível perguntar-lhes o que quer que fosse, dali não arrancaria palavras em inglês nem fios narrativos. Dei algumas passadas junto ao rio, havia que tentar lançar mãos à obra, trabalhar com o material à disposição. Com sorte, encontraria o cadáver da espanhola, sentiria alguma emoção.

Acabei por sair do parque. Enveredei por uma ruela e deparei-me com uma forasteira. Era ocidental e decerto não conhecia bem a cidade, porquanto analisava um mapa. Estávamos numa pequena rua de comércio e entrei numa loja de recordações, estava vazia, havia apenas uma empregada ao balcão, era jovem, meneou a cabeça com timidez, um sorrisinho, quase me senti impelido a perguntar-lhe como se chamava, no entanto, não queria comprar nada, como lho poderia perguntar? Regressei à rua, eram cada vez mais as pessoas, que horas eram? Consultei o relógio do telemóvel. Se não prestasse atenção, as horas perder-se-iam sem nada escrever. No passeio, caminhava uma mulher vestida de cor-de-rosa, pensei segui-la, ela estugou o passo, afastou-se, parei e sentei-me num banco de madeira. Uma mulher sorriu-me, tinha dois filhos pequenos e acompanhava-a um homem, seria bizarro perguntar-lhe como se chamava. Em seguida, uma mulher alta passou à frente, levantei-me, não sabia o que fazer, entrei numa, em duas lojas, para logo sair delas.

Quando dei por mim, estava de novo na marginal, quase tocava no rio, a estação de metro não distava muito. Enganava-me, sabia na perfeição que não perguntaria nada a ninguém, deixei o tempo passar para me ver obrigado a apanhar o metro sob pressão. Trabalhava amiúde sob pressão, assim é que eu funcionava bem. Pelo menos, antigamente. Por fim, apanhei o metro, sentei-me num dos assentos dispostos nas partes laterais da carruagem. O metro estava quase vazio. Defronte, na outra fiada de assentos, seguia uma jovem mulher que, de vez em quando, desviava o olhar do telemóvel e me fitava com atenção. Enchi-me de coragem, agora sim, iria conseguir, saquei dos guardanapos e da caneta, havia que agir, era uma questão de princípio. Nesse instante, entrou na carruagem um indivíduo de meia-idade, com galochas enlameadas até aos joelhos, o cabelo rapado em ambos os lados da cabeça e uma bengala de madeira na mão direita, falou sozinho e depois tocou uma gaita de beiços, ninguém lhe respondeu, eu mantive-me quieto e calado, ele continuou a caminhar pela carruagem e, ao percorrer um troço junto ao rio, em que a linha emergia momentaneamente, pôs-se a uma das janelas a ver a paisagem, que depressa desapareceu, e começou a bradar. Interrompido desta maneira, não consegui retomar a minha investida sobre a mulher, contudo, o homem da bengala continuou a falar e a caminhar até, por último, tropeçar e cair sobre ela, sobre a mulher, que soltou um gritinho, e logo me levantei para afastar o homem. Instalou-se a confusão, acorreram outros passageiros, o homem queria bater-nos a todos com a bengala, pontapear-nos com as galochas enlameadas. Um dos passageiros deu-lhe uma chapada no queixo, deitou-o ao chão. O homem levantou-se e, sem dizer mais nada, seguiu em frente e entrou noutra carruagem... uma situação idílica, portanto... nada como usar os transportes públicos, nos transportes públicos sinto-me bem comigo, seja qual for o meu estado de espírito, porque encontramos aí a verdadeira essência humana e, com mais precisão, a verdadeira natureza do ser humano quando fechado, na companhia de desconhecidos, num espaço limitado, o que, em muitas ocasiões, proporciona a observação de situações da maior abjeção. Os ditos humanistas não utilizam os transportes públicos, creio, ou não existiriam humanistas, com toda a sinceridade, é minha crença que os designados humanistas ou defensores do chamado humanismo não recorrem aos transportes públicos para se deslocar, ou não seriam humanistas, essa é que é a verdade, no entanto, eu próprio defendo uma certa visão otimista da humanidade, porquanto todos os seres humanos têm em comum uma característica que os torna aceitáveis a curto ou longo prazo. Por piores que sejam, as pessoas têm sempre algo de positivo: mais cedo ou mais tarde, morrem.

Finda a altercação, sentei-me ao lado da mulher, ela sorriu, perguntei-lhe se falava inglês, falava, sim, começámos a conversar. Havíamos partilhado um momento intenso. A minha sorte mudava. Ela contou-me o que o homem da bengala havia dito: ao início, afirmara que quando chovia, na verdade não chovia, antes nevava, porque nunca chovia — havíamos de reparar nisso, e, um dia, ele atirar-se-ia da ponte, da ponte mais alta de Seul… ou da Coreia do Sul… aquilo é que seria uma onda… se ele não morresse.

— Se ele não morrer — reafirmou ela.

— Evidentemente — disse eu.

Perguntou-me se estava na Coreia em turismo, eu disse-lhe que estava numa residência literária e mencionei-lhe, sem pormenores, as minhas pretensões literárias. Ela falou um pouco de si, era florista e adorava animais, ao visitar a cidade de Busan, vira pela primeira vez amêijoas, por incrível que parecesse, jamais havia visto amêijoas em Seul, frequentava restaurantes e por vezes alguns mercados, vira um pouco de tudo, mas amêijoas não, eu fiquei pasmado, até eu vira já amêijoas em Seul, mas ela não, e ver as vendedeiras molharem-se com aquelas cuspidelas das amêijoas tornara-se uma das suas diversões preferidas, água e mais água, esguichos que pareciam não ter fim. Os mexilhões também a haviam surpreendido com os seus esguichos enormes, tinham conchas pequenas para esguichos tão grandes. Mexilhões sim, conhecia de antemão. Na verdade, já havia visto mexilhões, porém, diferentes, não eram tal qual os mexilhões que encontrara em Busan. Mostrei-me fascinado, interessadíssimo, havia ali matéria-prima para a minha escrita — talvez. Pensei em tirar os guardanapos e a caneta da mochila, já sabia o nome da mulher, no meu alfabeto começava pela letra M, Mi-hee, mas não tirei os guardanapos e a caneta da mochila, o papel e a tinta reservava-os para informações mais sumarentas.

Quando o metro chegou à estação em que a mulher pretendia sair, eu também me apeei. Propus-lhe tomar um chá, ela aceitou o convite. Ao seguirmos pela rua, deparámos com um gato que, na berma, não parava de miar, chorava, gemia, pelos vistos, fora atropelado, a Mi-hee estacou e sentiu-se aflita ao ver assim o gatinho, decerto partira a pata, baixei-me, tentei tocar-lhe, a primeira reação do gato foi agressiva, cortou o ar com as garras, depois serenou, peguei nele.

A mulher sugeriu levá-lo ao veterinário, e assim fizemos, deslocámo-nos até uma clínica na vizinhança, o veterinário atendeu-nos com um «oh, oh, oh». Era hilariante! O casal com o gatinho... e a pata partida... O gato ficaria bem, impecável. Ambos nos regozijámos.

O veterinário escrevinhou num papel e apresentou-nos a conta. Eu não tinha comigo dinheiro suficiente, o meu cartão de débito continuava a não funcionar nos terminais de loja sul-coreanos, era lamentável, a Mi-hee também não tinha fundos, saíra sem contar com aqueles gastos, não levara consigo o cartão de crédito. Como a estação de metro não distava muito do consultório e decerto havia nas suas cercanias um banco com uma caixa de levantamento internacional, ofereci-me para ir buscar o dinheiro em falta. A Mi-hee aguardaria na sala de espera da clínica.

Fui à estação, no entanto, ao regressar do banco com o dinheiro no bolso, espreitei pela montra e não vi a Mi-hee. Desconfiei de uma tramoia. Afinal, não percebera o que tinham dito em coreano. Queriam porventura depenar um tanso... o gato até podia estar metido no esquema!... tolice... ainda assim... não iria arcar com a conta toda no preciso momento em que atravessava uma enorme crise profissional, sem futuro garantido, sem rendimentos. Mas que seria feito do gato? Não sabia.

Fui-me embora. Comecei a caminhar rumo a Yeonhui, não apanhei o autocarro, queria absorver ao máximo a cidade e os seus habitantes, procurar inspiração, saquei dos guardanapos e da caneta, alguma coisa havia de escrevinhar, prossegui.

Cheguei à residência sem ter escrito nada.

Ao entrar na residência, afaguei o cão, ele deitou-se de barriga para cima e espolinhou-se, um carro estava ainda estacionado no pátio, o Sol punha-se, subi para o primeiro andar e, no meu apartamento, atirei a mochila para o chão, liguei o computador, consultei o telemóvel.

A Beatriz não me enviara nenhum e-mail, nenhuma mensagem. Tinha uma chamada não atendida dos meus editores, e um e-mail do editor-chefe: *Rodrigo, consegues indicar-nos uma data de entrega?* Há aqui bastante pressão. Bastante pressão! Com tanta pressão, algo teria de explodir, se possível bem longe. Não lhe respondi.

Não tinha fome, porém, desci ao rés do chão, entrei pelo vestíbulo, descalcei-me, havia uma luz acesa na secretaria. A Gyu-ri apareceu à porta.

— Ah, é você, Rodrigo. Como lhe correu a escrita?

— Mais ou menos — disse eu, e dei alguns passos na direção da cozinha, ela acompanhou-me. — Mal, para ser sincero.

— Será mesmo que lhe corre mal por causa da orientação da mesa? — perguntou.

— Talvez.

— Quer mudar a mesa de lugar? Pode fazê-lo, está até descrito nas regras da residência. Não leu essa parte? *Os residentes podem mudar a disposição das peças de mobília, desde que no fim coloquem tudo no devido lugar.* É o que diz lá, ou mais ou menos. De qualquer maneira, nem verificamos se põem tudo no lugar, ninguém entra nos apartamentos depois de se irem embora, basta que não roubem nada e ficamos contentes — disse ela, e riu-se.

— Sim, li tudo, o manual completo, já o sabia, estava ao corrente, pois claro, mas tinha-me esquecido. Não sei se vale a pena tentar.

— Claro que vale. Eu ajudo-o, vamos.

— Agora? — perguntei. — É que eu desci para jantar.

— Não demora nada.

— Penso que sou capaz de a mudar de sítio sozinho, só tenho sido preguiçoso. Sim, é isso que eu sou.

Ela, contudo, não acreditou em mim, insistiu e convenceu-me, calçámo-nos, saímos pela porta da frente, subimos as escadas exteriores, descalçámo-nos no átrio do primeiro andar. Nem uma palavra sobre a Rute Gorigoitia. Uma calmaria na residência. Era de estranhar.

— Não há novidades sobre a escritora espanhola? — perguntei.

— Nada de concreto. Mas o detetive Mun ligou-me e disse que estão a fazer todos os possíveis.

Todos os possíveis para passear na praia.

— Há boas perspetivas — acrescentou.

Boas perspetivas! De um lado, boas perspetivas, do outro, uma pressão crescente, que passara de alguma pressão a bastante pressão. As minhas perspetivas, sob tal pressão, eram piores do que as da minha colega desaparecida e eventualmente tombada numa valeta ou afogada numa poça de água salgada entre os rochedos de uma praia.

— Espero que a Rute apareça depressa, ou que nos dê notícias. Isto tem sido muito esgotante — acrescentou.

Notava-se.

Entrámos no apartamento, eu primeiro, a Gyu-ri depois, ela fechou a porta.

— Isto demora pouco, pelo menos. Acho. E era desnecessário, disso tenho a certeza — disse eu.

— Vamos lá. Ora, o Norte é para ali — retorquiu ela, e apontou para a porta do meu quarto.

Arrastei a mesa, afastei-a da parede com toda a papelada e o portátil em cima, agarrei-a por um dos cantos e comecei a virá-la de frente para o frigorífico, a Gyu-ri agarrou o canto oposto e arrastou-a no mesmo sentido.

— Pronto, agora pode escrever o seu romance — disse ela.

— Obrigado.

— Não quer também mudar a cama de sítio? Talvez consiga dormir melhor, ou ter ideias inspiradoras a meio da noite.

Sem me dar tempo para responder, dirigiu-se ao quarto e depressa ouvi as molas do colchão a ranger. Ela saltou sentada na cama, reafirmou quão bom era o colchão, aproximei-me.

A Gyu-ri alterou-se de repente, sofreu uma mudança brusca, esquizofrénica, tomei atenção. Agora estava deveras desgostosa. Entrou em modo confessional, eu sentei-me no chão e aguardei. A Gyu-ri proferiu algumas palavras em coreano e logo retomou o discurso em inglês, a prática aumentava a sua fluência, nada como um bom exercício linguístico. Saquei do telemóvel e, enquanto ela falava, abri a caixa de e-mail, continuava sem receber nenhuma mensagem da Beatriz, vi apenas chamadas e e-mails dos meus editores, do editor-chefe e do assistente, aquele telemóvel quase existia para tão-só receber mensagens e chamadas dos designados *meus* editores, escrevi um e-mail à Beatriz e acrescentei-lhe algumas mensagens, também elas enviadas pela Internet, a Gyu-ri não cessara de falar nem de saltitar no colchão. Pelo que percebia, o seu marido saíra de casa alguns dias atrás, fora-lhe infiel, o marido traíra-a com uma amiga dela, nem sequer se dera ao trabalho de a trair com uma amiga dele, optando ao invés por traí-la com uma amiga da própria Gyu-ri. Era imperdoável, pretendiam divorciar-se, nada mais lhes restava, já nada tinham em comum, não partilhavam interesses, objetivos nem opiniões, cruzavam-se em casa e sentiam asco, repugnância um pelo outro, pelo corpo um do outro.

— Acha que tenho um corpo repelente? — perguntou ela. Levantou-se, saltou para cima da cama, e assim, de pé no colchão, despiu a camisola e as calças, conservou somente o sutiã, as cuecas e as meias. Respondi-lhe que não, não o achava repelente, tanto quanto me era dado ver, não era, na verdade, nada repelente. De acordo com o que dele podia ver, era, de facto, um corpo atraente, ou mais atraente do que repelente, em suma, se tivesse de o caracterizar com uma só palavra e me obrigassem a escolher entre atraente e repelente, diria que era um corpo atraente, não repelente.

— Não é repelente, acredite — afiancei.

— Obrigada.

— Não será melhor vestir-se, Gyu-ri?

— Sim, daqui a pouco, só preciso de me refrescar. Está muito calor aqui.

Ela sentou-se de novo e, em sutiã, cuecas e meias, continuou a falar. O marido ameaçara regressar a qualquer momento e levar todo o recheio da casa e o carro. A Gyu-ri mudara o código de abertura da porta do apartamento, no entanto, receava que ele arrombasse a porta e levasse tudo para casa da sua mãe, ou talvez da amante. Temia também que o marido aparecesse na residência e tentasse armar um escândalo ou roubar-lhe o carro. Felizmente, o cão estava sempre ali, decerto ladraria em alarme, isso serenava-a um pouco. Como receava também regressar a casa e encontrá-lo à entrada do prédio ou no patamar do seu piso, diante da porta do apartamento, a Gyu-ri pensara em alojar-se, durante algum tempo, num hotel.

— Porque não fica num dos apartamentos da residência? A Casa Grou não está desocupada? — perguntei-lhe.

— Oh, sim, está. Está vazia desde que a senhora Rute desapareceu. Não faltam apartamentos livres — disse ela. — Mas é contra as regras. Talvez pudesse pernoitar aqui, porque afinal ninguém sabe se estou a trabalhar até tarde. Os meus colegas tomam banho cá, veja só. E há colegas meus que vêm cá ao fim de semana. Uma vez, encontrámos algumas peças de roupa interior no escritório.

— De mulher ou de homem?

— De mulher. Deitámo-las ao lixo, claro — a Gyu-ri fez uma pausa, levantou-se, tinhas umas belas pernas, espreitou pela janela, voltou a sentar-se na cama, desta feita de pernas cruzadas, e eu, no chão, defronte dela, peguei no telemóvel, a Beatriz respondera a um dos meus e-mails, pedira-me que a deixasse em paz e insultara-me, a Gyu-ri retomou a conversa, permanecer num hotel por tempo indeterminado era dispendioso, o marido teria mais dificuldade em localizá-la num dos muitos hotéis da cidade do que na residência, todavia, poderia também segui-la quando ela saísse do trabalho, então saberia onde ela estava alojada, um cenário nada animador, nesse caso, ela teria de pagar pelo alojamento e estaria tão insegura quanto na residência, onde não teria de pagar alojamento, pois no hotel não haveria nenhum cão, como na residência, e ela confiava mais no ladrar do cão — pelo menos aquele cão ladrava sempre que o portão de entrada estava fechado — do que num porteiro de hotel, um dos porteiros da residência inclusive já trabalhara num hotel e fora despedido por desvio de fundos e chantagem. Na verdade, ela não confiava em nenhum porteiro, incluindo os da residência, apenas no cão preso à casota, porque o cão estava impedido de sair do sítio e os porteiros não, os porteiros desapareciam amiúde para fumar ou ver televisão, fingiam-se atentos aos monitores onde visualizavam as imagens das câmaras de segurança no recinto, porém, entretinham-se a ver programas televisivos do nível mais baixo que se pudesse imaginar. De facto, ela não confiava nos porteiros sul-coreanos, porquanto se entregavam, nas horas de trabalho, ao ócio, ao assistir a programas televisivos escabrosos, ademais, não confiava em nenhum homem sul-coreano, noutros quiçá confiasse, mas nos sul-coreanos é que não, com os homens sul-coreanos não queria nada, com os norte-coreanos também não. Em suma, a Gyu-ri não queria ter nada que ver com homens originários da península coreana, em homens provenientes de outros sítios poderia ainda confiar, em homens coreanos não, por esses é que de maneira nenhuma se poderia interessar. Então, fiz-lhe notar que deixáramos a luz da cozinha acesa, ela não se incomodou, alguém a apagaria, por vezes havia quem a deixasse acesa toda a noite, não havia problema. Eu continuava sem grande apetite, estava demasiado desalentado para cozinhar, pousei o telemóvel no chão, fitei a Gyu-ri, ela calou-se, observou-me, perguntou-me, em voz baixa, se poderia dormir ali, receava sair àquela hora, nunca deveria ter ficado na residência até tão tarde, o marido poderia estar à sua espera, escondido como um criminoso, no fundo, era isso o que ele era, um perverso e um criminoso, não fosse o desaparecimento da escritora espanhola e a Gyu-ri não se teria atrasado, tudo aquilo acontecia no pior dos momentos, o detetive Mun estava satisfeito com o andamento das investigações, ela, por seu turno, não estava satisfeita, estava, no fim de contas, insatisfeitíssima com o andamento das investigações, pois se o caso não era grave, como lhe garantira o detetive Mun, porque é que não o solucionavam de uma vez?, e depois o detetive Mun aparecia na residência com ar de quem estivera na praia, a que praia teria ele ido, com que intuito?, arrastara areias para a residência, ela e uma colega haviam perdido um quarto de hora em limpezas, tinham aspirado a sala de conferências e o escritório. O grande problema do detetive Mun era o de o detetive Mun ser sul-coreano, logo, alguém em quem a Gyu-ri não poderia, *de forma nenhuma*, confiar, um homem a quem a Gyu-ri jamais pediria auxílio. Por exemplo, nunca lhe pediria, como a mim, para dormir no seu quarto, e ela só me fazia aquele pedido porque, a seu ver, uma funcionária da residência não estaria a infringir as regras se pernoitasse na residência, para mais num quarto já ocupado, onde não se gastaria mais eletricidade.

A Gyu-ri perguntou-me se eu concordava, eu concordei, ela abanou a mão, puxou as alças do sutiã para baixo.

— Está demasiado calor! — disse ela, e de facto estava. O visor do dispositivo que controlava a temperatura do soalho indicava 28 graus celsius. Estiquei-me e peguei no comando do ar condicionado, que estava na mesinha de apoio. — Não tem o aquecimento do chão ligado?

— Eu? Com o calor que tem estado? Nem pensar.

— Não está muito calor lá fora, mas aqui dentro sim.

— Acha que sim? Lá fora está mais calor.

— De certeza que não tem o aquecimento do soalho ligado?

— Nunca mexi no controlo do aquecimento.

Ela levantou-se e deu dois passos rumo ao dispositivo na parede, eu também me levantei e travei-lhe a progressão, estaquei à sua frente.

— Está desligado — disse eu.

— Mas parece-me que sinto o calor a vir do chão.

— Deve ser das meias.

— Não é das meias — disse ela, que se sentou de novo na cama e descalçou as meias, pousando os pés no soalho. — Bem me parecia, o calor vem do chão!

— Nunca me tinha apercebido. Como é possível? — disse eu. — Estou pasmado.

— Vamos desligar o aquecimento — propôs a Gyu-ri.

Ela acercou-se, uma vez mais, do dispositivo na parede, premiu dois botões, era assim que se fazia, pronto, afiançou-me que estava tudo explicado no livrinho com as regras de funcionamento da residência, sugeri que essa secção poderia ter erros na versão inglesa, ela fez menção de ma mostrar, eu disse-lhe não ser necessário, não havia, de facto, qualquer necessidade de me mostrar essa secção no livrinho, ela já resolvera o problema, desligara o aquecimento, o ar condicionado estava ligado. Lá fora escurecia, liguei o candeeiro da mesa de cabeceira, desci o estore, sentei-me na ponta da cama, onde recebia o vento vindo do aparelho de ar condicionado, pensei nos trabalhos a entregar, no livro que devia estar prestes a entregar ou já ter entregado, nesse livro com que me candidatara à residência em Seul, senti um enorme asco, a Beatriz não me queria ver, não compráramos um teste de gravidez, na quinta-feira partiríamos para Gyeongju e eu não preparara nada, a Beatriz planeara tudo, eu nem sequer decidira que roupa pôr na mochila, devia estar a jantar, mas estava sentado na cama com a minha supervisora, anoitecia, a Gyu-ri calara-se por alguns minutos, encostara-se à minha almofada, a luz do candeeiro realçava-lhe as feições, as alças do sutiã haviam descaído até quase repousarem na dobra dos seus cotovelos, ela retomou o seu discurso, nunca gostara da sogra, era uma velhota antipática e oferecia-lhe comida estragada, dava as maiores iguarias ao filho e comida estragada à nora, servia-lhes pratos individuais, a um, iguarias, à outra, comida podre, a sogra tentava liquidá-la ao servir-lhe comida imprópria para consumo e notoriamente rançosa, a sogra era culpada, em certa medida, do que sucedera ao seu casamento, porquanto educara o filho para ser um mau marido e, além disso, tentara amiúde assassinar a nora ao servir-lhe comida estragada, céus, perguntei-me se também ela falaria em salmonelas — não falou. A Gyu-ri continuou a perorar, a situação incomodativa prolongava-se há meses, ela e o marido não se tocavam há cerca de um ano, não havia intimidade, sentia-se muito só e triste, nunca mais confiaria em homens coreanos, isso garantia-me ela, depois, olhou-me nos olhos, sorriu, pediu-me para desligar o ar condicionado, levantei-me e assim fiz, ela sorriu de novo, sentei-me na cama, ela acercou-se de mim, perguntou-me se eu de facto não me importava que descansasse um pouco no meu quarto, ela poderia inclusive dormir no chão, ou num edredão estendido no chão, ou com um lençol estendido no chão e um edredão por cima dela, ou com o edredão no soalho e um lençol sobre ela, não se importava de dormir no escritório, mas um colega com insónia poderia aparecer a meio da noite para tratar de papelada e ela não queria ser apanhada em tais circunstâncias, não desejava que a vissem deitada no chão da secretaria, um tal episódio daria azo a todo o género de especulações, aquiesci, nada tinha a opor a uma tal combinação, tudo para agradar à minha supervisora, eu devia manter-me de bico fechado. No fim de contas, nem sequer escrevia, ela poderia certamente dormir no meu apartamento, eu próprio dormiria no chão, já dormira no chão no Japão, é deveras confortável dormir no chão, desde que tenhamos um pequeno colchão ou resguardo em que nos deitarmos. Ela agradeceu-me, conquanto parecesse desiludida, sacudiu o cabelo, cheirava bem, de novo o odor a baunilha, o ar condicionado arrefecera-me demasiado, estremeci.

— Rodrigo, já lhe disse que gosto do seu cabelo? — perguntou.

— Que me lembre, não.

— E já lhe disse que é alto, não disse?

— Também não me recordo. É possível. Mas penso que sou de estatura mediana.

— Não, não, é alto — assegurou-me a Gyu-ri. — E bem-parecido, bem-parecido, sim.

— Confrange-me, Gyu-ri.

— Não confranjo, Rodrigo, não confranjo.

— Confrange. E assim tenho de lhe dizer que a Gyu-ri tem umas boas pernas. E cheira bem.

— Obrigada. Gosta do meu cheiro?

— Sim.

Levou uma mão à cabeça, abanou o cabelo. Gerou-se um curto impasse, ela acometeu de novo:

— Oh, Rodrigo, diga-me lá que espessura vai ter o seu livro!

Abri a mão direita e afastei o polegar do indicador. Dois ou três centímetros.

— Vai ter esta espessura — afirmei.

— E já conseguiu escrever mais?

— Diria que está quase concluído.

— Fico tão contente por si — disse ela, e abraçou-me, soltou-me, fez-se novo silêncio. Depois, falou. — E tem uma bela barba.

— Tenho?

— Sim. Os homens sul-coreanos não usam barba, é que não usam mesmo!

— E as mulheres?

— As mulheres também não.

A Gyu-ri enlaçou as mãos.

— Posso confiar em si, não posso, Rodrigo?

— Sim.

— Eu sabia. Vê-se nos seus olhos que podemos confiar em si.

Nos meus olhos! Via-se tudo, claro, a minha alma, os meus pensamentos, os meus futuros livros. Ela levantou-se e puxou parte do edredão para o lado.

— Se não se importa, vou então deitar-me — disse ela.

— Esteja à vontade.

Abri o armário, peguei num cobertor e dirigi-me à sala, ela apagou o candeeiro da mesa de cabeceira, estendi o cobertor no chão da sala, fui ao quarto de banho, lavei os dentes, regressei à sala, apaguei a luz. A Gyu-ri pigarreou no quarto.

— Rodrigo? — chamou.

— Sim? — respondi.

— As minhas pernas são realmente boas?

— São, sim.

— Boa noite.

— Boa noite.

Deitei-me, primeiro de barriga para cima, em seguida de lado. Embora não tivesse jantado, não tinha fome. Contudo, sentia-me desconfortável e também cansado. Ajustei o cobertor, de modo a elevá-lo um pouco, para que assim fizesse as vezes de travesseiro, voltei-me para o outro lado, fechei os olhos, tentei ignorar a luz que entrava pelo estore. Alguns minutos depois, senti os passos da Gyu-ri reverberar no soalho.

— Rodrigo, assim não fica confortável.

— Já dormi em sítios piores.

— Mas aqui estimamos os nossos escritores. Não posso permiti-lo. Deite-se na cama, há espaço para os dois.

— Não se preocupe.

— Não o permito. E ainda hoje se cortou por minha causa — disse ela. — Por minha causa. Assustei-o.

— Já não me dói.

— Entenda a minha posição. Deixe-me ver o dedo — pediu.

Aproximou-se, agachou-se, pegou-me na mão, arrancou o penso ensanguentado, acariciou-me a cicatriz.

— Não posso permiti-lo, Rodrigo. Venha comigo, por favor, o meu trabalho está em causa.

Ela não podia permiti-lo. Hesitei, ergui-me sobre um ombro, fitei-a, a Gyu-ri, em roupa interior, mas sem meias, continuou a explicar-se, estava em causa o nome da instituição, já era mau o suficiente que uma escritora espanhola houvesse desaparecido, o que seria deles se se soubesse que um escritor português dormira no chão por culpa de uma funcionária da residência?, eles deviam atentar ao bem-estar dos escritores, tanto dos sul-coreanos quanto dos estrangeiros, ela não confiava em sul-coreanos, incluindo escritores, no entanto, devia-lhes um mínimo de cordialidade, tudo dentro dos limites estipulados pelas normas da residência, ou seja, devia-lhes na realidade cordialidade e respeito, aos estrangeiros devia respeito, cordialidade e, além disso, podia confiar neles, ou pelo menos em alguns deles, não em todos. Rogou-me que a acompanhasse até ao quarto, garantiu-me existir espaço na cama para os dois, conquanto parecesse demasiado estreita, caberíamos um de cada lado, ela junto à janela, eu voltado para a porta, o chão era, de facto, desconfortável, um colchão de enrolar seria deveras proveitoso, de resto, eu era mais jovem quando da minha ida ao Japão, mais resistente, agora doíam-me as costas, a Gyu-ri olhou para mim, eu hesitei, ela mencionou as minhas *responsabilidades enquanto escritor*, então levantei-me num ápice, ela continuou a falar e repetiu a referência às minhas *responsabilidades enquanto escritor*, e essas referências críticas às minhas responsabilidades enquanto escritor não podia eu tolerá-las de maneira nenhuma. Ela deu um passo em frente, cheirava bem — a baunilha —, o aquecimento do soalho estava desligado, o aparelho de ar condicionado zumbia no quarto, eu não jantara, sem comida no estômago o frio começava a entranhar-se-me no corpo.

VII

A fome tornou-se demasiado intensa à alvorada, despertou-me, a Gyu-ri ainda dormia, nua, de boca aberta, tinha mau hálito, porventura causado pelo tabaco, a cama era apertada para duas pessoas, escorreguei, com cuidado, até ao chão, rebolei pelo soalho, alcancei a porta, a Gyu-ri mexeu-se, virou-se para o lado da janela, levantei-me e entrei no quarto de banho, encostei a porta, lavei-me o mais possível sem fazer barulho, bebi um pouco de água, fui para a sala, espreitei pela janela, o carro ainda estava no pátio, onde a Gyu-ri o estacionara, o porteiro fechara o portão e o carro permanecera próximo ao álamo coreano, um escândalo, decerto todos dariam conta do sucedido, ou talvez não, onde estariam a mal-encarada, o marreco e o jovem poeta?, escondiam-se nas suas tocas, não viam nem ouviam nada, alheios ao mundo exterior, trabalhavam com afinco nas suas obras-primas, no fundo, não haveria problemas nem escândalo, desde que a minha namorada não entrasse na designada Casa Lótus, de resto, tudo bem. Olhei para a Casa Grou, perguntei-me se o código da porta de entrada da dita Casa Grou seria o mesmo das portas da Casa Lótus e da biblioteca. Procurei, no meio dos papéis espalhados sobre a mesa, o livrinho com as regras da residência, encontrei folhas com anotações, fotocópias de documentos de viagem e a brochura do Parque de Seoraksan, porém, livrinho com as regras da residência nem vê-lo, deveria estar na gaveta da mesa de cabeceira. Bebi novo gole de água da torneira e dirigi-me ao quarto, a Gyu-ri estava ainda voltada para a janela, abri a gaveta da mesinha de cabeceira, o livro com as regras da residência estava ali guardado, de facto, folheei-o e, por fim, encontrei a frase que procurava: *O código 115# abre as portas das áreas comuns de todos os edifícios da residência.* Assim sendo, bastar-me-ia utilizar o código 115# para abrir a porta principal da Casa Grou, código que, de resto, já utilizava para abrir as portas da designada Casa Lótus, tanto a porta do primeiro andar, onde se encontravam os apartamentos, quanto a do rés do chão, onde se situavam a secretaria, a pequena sala de conferências e a cozinha comum, ou seja, com o código 115# podia abrir todas as portas da Casa Lótus, exceto a da lavandaria, que estava sempre aberta e não tinha código nem fechadura. Por conseguinte, com aquele código podia eu abrir tudo, pelos vistos, incluindo a porta principal, situada ao nível do rés do chão, da designada Casa Grou, *também ela* um dos edifícios da residência. Contudo, se quisesse entrar no apartamento da escritora espanhola desaparecida, teria de arranjar, de alguma forma, a chave do apartamento, e para isso teria de descobrir onde guardavam as chaves dos apartamentos, ou, em alternativa, inventar um pretexto para me levarem ao apartamento da Rute Gorigoitia sem que eu necessitasse de surripiar a chave, todavia, nesse caso, teria de atentar às circunstâncias possivelmente menos propícias a um exame minucioso do apartamento, porquanto estaria acompanhado. Seria porventura possível persuadir a Gyu-ri a levar-me ao apartamento da escritora desaparecida, mas só com muitas dificuldades e inclusive sorte poderia procurar e, ademais, encontrar o manuscrito da suposta obra-prima da escritora espanhola desaparecida se me fizesse acompanhar, durante o exame ao apartamento, pela Gyu-ri, e isto depressa me fez concluir que não era desejável simular um interesse mórbido pela escritora espanhola desaparecida e os seus pertences. Restava-me, por conseguinte, saber onde guardavam as chaves dos apartamentos.

— Está a ler? — perguntou, com uma voz ensonada, a Gyu-ri.

— Sim, a ler as normas da residência. É sempre bom relembrar as regras. Tê-las sempre na cabeça.

Ela espreguiçou-se na minha cama, que fazia ela ali?, eu não sabia, nada daquilo fora sequer aprazível, eu era abominável, oh, o horror de se ser humano, camas por fazer, camas já feitas, regras, burocracias, brochuras, atirei o manual da residência para dentro da gaveta da mesa de cabeceira, estava a usar apenas boxers e meias, vesti a camisola e as calças que usara na véspera, saltitei até ao quarto de banho, vi-me ao espelho, estava amarrotado e desgrenhado, cheirava a suor, as molas do colchão rangeram.

— Que regras estava a ler? — perguntou a Gyu-ri.

— Nada de especial. A secção sobre as máquinas de lavar a roupa.

Ela não disse nada, ouvi os seus passos no soalho, passei alguma água pelo cabelo.

— Podemos guardar malas de outras pessoas na residência? — perguntei.

— Malas? — ela surgiu, apenas com a camisola vestida, à porta do quarto de banho.

— Sim, malas. Amanhã vou a Gyeongju.

Ela virou-me costas, regressou ao quarto.

— Sim, com malas não há problema. Não é proibido, não é proibido guardar malas, não, desde que seja no seu apartamento, só no seu apartamento, percebe? — disse ela, eu agradeci-lhe a resposta.

Não se responsabilizavam por malas ou demais objetos dos residentes ou outras pessoas que não os residentes, porém, eu podia guardar as malas da minha namorada no meu apartamento e fechá-lo à chave. Não se responsabilizavam por quaisquer malas da minha namorada que eu guardasse no meu apartamento, nem com essas malas nem com nada meu ou de outrem que guardasse no dito apartamento, tal como estava explicitado nas normas da residência, disse ela, essa desresponsabilização estava bem assinalada, tanto nas normas da residência quanto no contrato que todos os residentes assinavam com a residência, e que também eu assinara, um contrato escrito em coreano, a Gyu-ri resumira-me o conteúdo das cláusulas na sala de conferências e vira-me obrigado a assiná-lo, naquelas circunstâncias não havia como o recusar, ela diante de mim, as malas no apartamento, a Beatriz em Seul, o voo de regresso a Portugal marcado para mais de um mês depois, por conseguinte, estava tudo esclarecido, eles não poderiam guardar malas de residentes nem de não residentes, porque não se responsabilizavam por elas, mas eu poderia guardar *o que me aprouvesse* dentro do apartamento enquanto o tivesse à minha disposição, concluiu ela.

— Tudo o que quiser, Rodrigo, mas não guarde armas nem drogas nem animais. Apenas malas e coisas desse género, nunca outras pessoas, jamais namoradas. É proibído pelas regras, está escrito nas normas da residência — acrescentou.

Apareceu de novo no quarto de banho, abrira a gaveta e trazia consigo o livrinho das regras da residência.

— Está tudo aqui. E em inglês. Contratámos um tradutor para traduzir tudo para inglês. E um revisor! Para rever!

— Ah, sim? Pois eu detetei alguns erros na versão inglesa — retorqui.

— Erros? Onde?

— Algures por aí.

— Em que secção?

— Não sei ao certo. Talvez na da cozinha.

— Na da cozinha? Onde, onde estão os erros? — ela folheou o livrinho e mostrou-mo aberto nas páginas referentes à utilização da cozinha comum da residência.

Quase saltou para cima de mim. Pulou em meu redor. Exercia pressão. Finalmente descobria de onde provinha a tal pressão. Para já, era alguma pressão, talvez se intensificasse até sentir bastante pressão. Correu o dedo pelas linhas escritas no livro aberto.

— Não encontro nenhum erro — disse ela.

— Eu procuro-os depois.

Ela atirou o livro para o chão, foi até à sala, segui-a, ela espreitou pela janela.

— Estou com medo — murmurou.

O porteiro ainda não abrira a residência ao público, os funcionários da secretaria demorariam duas ou três horas a chegar, o meu estômago rugiu, ela também tinha fome, estava deveras esfomeada, talvez pudéssemos descer até à cozinha e comer alguma coisa. A Gyu-ri afastou-se da janela, despiu a camisola, atirou-a para o chão e encaminhou-se para o quarto de banho. Era uma mulher desorganizada, o livrinho com as normas da residência estava no chão, a camisola dela também, o lençol no soalho do quarto, a Gyu-ri abriu a torneira do chuveiro, espreitei pela porta, a água escorria-lhe pelo corpo, fez-me sinal para me aproximar, despi-me de novo, pus-me debaixo de água, senti uma ardência na cicatriz no dedo quando levei as mãos à cabeça, permaneci no chuveiro apenas um ou dois minutos, peguei numa das minhas toalhas e logo saí do quarto de banho, a Gyu-ri chamou por mim, enxaguei-me e vesti as mesmas roupas, verifiquei a caixa de entrada do e-mail, a Beatriz enviara-me uma mensagem, na qual me pedia que tentasse comprar um teste de gravidez antes da viagem a Gyeongju, ficaria mais descansada se eu lhe levasse um teste de gravidez naquela tarde, reli a mensagem e respondi-lhe que ia tratar do assunto. Ela tinha razão, estava na hora de comprar um teste de gravidez. E de escrever os meus livros.

A Gyu-ri acabou de tomar banho, vestiu-se, abanou o cabelo molhado. Como ela afiançou ter bolachas na cozinha, saímos do apartamento, tranquei a porta, calçámo-nos, descemos as escadas exteriores, abrimos a porta principal do rés do chão e dirigimo-nos à cozinha. Demos de caras com o Sr. Kim… o Sr. Kim surgiu, por fim… tentou escapulir-se, cumprimentou-nos, é certo, para logo se esconder atrás da porta. A Gyu-ri arrancou-o do abrigo com saudações efusivas, agitou o cabelo, salpicou água por toda a cozinha. O Kim tartamudeou algo, sentei-me à mesa, a Gyu-ri abriu o frigorífico, conversou com o Kim em coreano, ofereceu-me chá gelado, foi buscar uma caixa metálica com bolachas e pô-la em cima da mesa, servi-me e ela instou o Kim a servir-se, ele tinha ainda uma caneca na mão, cheirava a leite aquecido na cozinha, senti um enjoo momentâneo, o marreco enfiou uma manápula na lata e sacou de um punhado de bolachas.

— O Sr. Kim está quase a terminar o seu romance — disse-me a Gyu-ri, e o Kim sorriu ao perceber que falavam dele.

Também ele! Até o marreco escrevera a sua obra. Ou tê-la-ia roubado? Teria introduzido o código 115# na porta de entrada da designada Casa Grou e, de alguma forma, acedido ao apartamento da Rute Gorigoitia? O marreco certamente não falava espanhol, todavia, bastaria pagar a um tradutor para ter acesso a essa outra obra-prima. Talvez chegasse ao ponto de matar o tradutor para não deixar provas. Havia que investigar o caso. Afinal, era de estranhar, todos eles escreviam obras-primas. O Kim falou com a Gyu-ri, ela virou-se para mim.

— O Sr. Kim diz que o emprego dele lhe dá muita inspiração — disse ela.

— Eu bem que precisava de alguma — retorqui.

A Gyu-ri voltou-se para o Kim, falaram em coreano, apontaram para mim, o Kim saiu da cozinha a correr.

— Aonde é que ele vai? — perguntei.

— Foi buscar a mala de vendedor. Diz que lhe dá sorte e inspiração, vai mostrar-lha — respondeu a Gyu-ri.

— Não era preciso.

A Gyu-ri contornou a mesa, estacou ao meu lado, baixou-se, senti o cheiro agradável do seu cabelo molhado, o odor enjoativo a leite aquecido pairava ainda no ar, aproximei o nariz da sua cabeça, por forma a absorver a fragrância capilar, não me contive, tentei, mas não o logrei, levei as duas mãos à sua cabeça e puxei-a para junto de mim, prendi-lhe os cabelos entre os dedos enquanto aspirava o cabelo molhado.

— Oh, Rodrigo — disse ela, e recostou-se no meu peito, aninhou-se no meu colo, tal qual uma gata. Principiou um movimento de ainda maior aproximação, tentou rodear-me o pescoço com os braços, impedi-a, ela fitou-me.

— O que se passa? — perguntou.

— As bolachas. Não lhes chego — disse eu.

A Gyu-ri ergueu-se de repente, embateu na mesa e foi até ao balcão, segui-a.

— Tente compreender, Gyu-ri. As bolachas... — ela virou-me costas. — O ambiente da cozinha não é o ideal.

Ela caminhou até à porta, virou-se para trás.

— E no escritório? — perguntou.

Disse-lhe que no escritório talvez houvesse ambiente, na secretaria da residência seria realmente possível cheirar-lhe o cabelo, ainda que na dita secretaria da residência talvez não sentisse uma tão grande ânsia de o cheirar, já que aí provavelmente não cheiraria a leite aquecido. Embora fosse possível, era também improvável que o escritório cheirasse a leite aquecido. De facto, era pouco provável que cheirasse a leite no escritório, fosse a leite frio ou quente, porquanto não havia frigorífico nem fogão no assim designado escritório, embora não fosse impossível que cheirasse a leite, frio ou quente, no escritório, pois alguém poderia ter bebido leite ou deixado resquícios de leite, quente ou frio, na secretaria da residência, no entanto, havia decerto ambiente e inclusive condições para lhe cheirar o cabelo na secretaria, e então lá fomos nós pelo corredor até ao escritório, acendemos a luz, a Gyu-ri sentou-se à sua mesa e chamou-me, eu deambulei pela divisão, ela levantou-se da cadeira, ouvimos alguém introduzir o código na entrada principal, a porta abriu-se, afastámo-nos, o Kim entrou na secretaria, trazia consigo uma mala de couro roçada que de imediato pousou na mesa, interpelou a Gyu-ri, ela esbracejou, gritou ao homem, o marreco pegou na mala, saiu cabisbaixo, arrastou os pés em direção à cozinha, perguntei à Gyu-ri o que sucedera, ela mostrou-me os punhos cerrados, investiu contra mim, bufou, recuei até à parede, ela encurralara-me, saltou, tentou atingir-me o queixo. Não me socou, a Gyu-ri era mais baixa do que eu... alguns centímetros... uma cabeça mais baixa... uma cabeça e um pescoço mais baixa do que eu... a sua feminilidade concentrava-se num corpo diminuto... ela pulou e, com efeito, alcançou-me, agarrou-se-me ao pescoço, meneei a cabeça, ela deixou-se cair, recompôs-se.

— O Sr. Kim quer levá-lo a dar uma volta pelas lojas onde vende os bonecos. Para lhe dar inspiração — disse ela, ainda um tanto quanto ofegante.

— Não é má ideia — disse eu.

— Mas é uma péssima ideia! O Rodrigo precisa de escrever. De criar.

Tentou saltar-me outra vez ao pescoço, escapuli-me.

— Controle-se, Gyu-ri. Eu escrevo. Vou escrever, prometo.

Ela investiu de novo, fugi, começava a cansar-me, sentia-se agora bastante pressão. A Gyu-ri espreitou pela janela, o portão estava ainda fechado, seria aberto dentro de uma hora.

— Ele nem sequer fala inglês, é que não fala mesmo inglês nenhum — acrescentou.

Tinha razão, o homem não falava inglês nenhum, por outro lado, talvez se sentisse menos pressão nas ruas de Seul. De qualquer modo, convinha-me sair para comprar um teste de gravidez. Ponderei abordar o assunto com a Gyu-ri, contudo, reconsiderei, ela estava ainda descomposta, notava-se que não estava a usar sutiã. Arrepiara-se — não era de estranhar que tentasse a todo o custo obter o máximo de contacto físico. Abeirei-me dela, pus-lhe uma mão no ombro, fi-la sentar-se.

— O detetive Mun vem cá hoje? — perguntei.

— Sim, às onze horas. E amanhã temos cá a comissão — disse ela.

— O detetive já inspecionou a Casa Grou?

— Claro. Esteve no apartamento da Rute Gorigoitia ainda ontem.

— Então deve ter espalhado areia por lá.

— Não me tinha lembrado disso — a Gyu-ri inquietou-se e levantou-se na cadeira. — Deve estar tudo sujo. Demos-lhe a chave do apartamento e não o acompanhámos.

— E ele devolveu-vos a chave?

— Sim. Penso que sim — a Gyu-ri levantou-se e abriu a gaveta de uma secretária à minha direita. — Estão aqui as duas chaves, sim.

Juntei-me à Gyu-ri, toquei-lhe ao de leve nas costas.

— Onde?

— Aqui. Quarto número 3, estão aqui as duas chaves com o número 3, está a ver?

— Sim.

— Veja bem.

Obrigou-me a tocar nas chaves, depois, fechou a gaveta. Orientei-a de volta à cadeira e disse-lhe que ia comer mais alguma coisa. Ela seguir-me-ia em breve, fui até à cozinha. O Kim estava sentado à mesa, a mala de couro tinha-a ele no chão.

— Então, Sr. Kim, vamos ver como trabalha? — disse eu em inglês, enquanto tirava uma bolacha da caixa. Ele não respondeu, tão-só sorriu. — Tem aí uma bela mala de trabalho.

Ele continuou a não falar, a Gyu-ri apareceu, o Kim interpelou-a.

— O Sr. Kim pergunta se quer ir com ele — disse a Gyu-ri.

— Claro que sim. Aliás, acabei de lhe perguntar se íamos ver como trabalha. Foi agora mesmo. Não ouviu, Gyu-ri?

— Não, não ouvi.

— Não ouviu? Não me ouviu no corredor? — perguntei.

— Creio que não — ela aproximou-se da máquina de cozer arroz, passou-lhe uma mão por cima. — Isto está cheio de gordura.

— Nunca a usei — retorqui.

O Kim tartamudeou alguma coisa, a Gyu-ri voltou-se, fitou-o de olhos semicerrados, rodou o pescoço na minha direção, pestanejou.

— E como me vou entender com o Sr. Kim? — perguntei.

— Eu bem lhe disse que ele não fala inglês — retorquiu ela.

A Gyu-ri exaltou-se, todavia, logo se recompôs. Inquiriu-o em coreano, ele pegou na mala com uma mão, atirou-a, sem cuidado, para cima da mesa, o baque da fivela no tampo reverberou pela cozinha. O Kim bradou à Gyu-ri, cuspiu-se, um vulcão de saliva jorrava-lhe do tórax desprovido de pescoço.

— O Sr. Kim diz que não é preciso. Ele percebe algumas palavras em inglês, em caso de urgência. Basta segui-lo, é tudo uma questão de vivência — traduziu ela.

— De vivência? Está bom. Diga-lhe que vou só lá acima buscar os meus documentos e a minha mochila.

Ela anuiu com a cabeça, corri pelo corredor, calcei-me no vestíbulo, subi ao primeiro andar, entrei no meu apartamento, peguei no telemóvel, enviei uma mensagem de voz à Beatriz, avisei-a de que voltaria de tarde com um teste de gravidez, garanti-lhe que já preparara a mochila para a ida a Gyeongju, mais tarde ela teria apenas de me entregar a sua mala grande, para a deixar no meu quarto, pus a mochila às costas, tranquei a porta e saí.

VIII

O Sr. Kim galopava pelas ruas, as manchas de suor alastravam-se pela minha camisola enquanto seguia, com dificuldade, no seu encalço, a ausência de pescoço conferia-lhe um caminhar deselegante, porém eficaz, aerodinâmico, transportava numa das mãos a mala de couro com as amostras dos produtos, a pega quase rota parecia prestes a soltar-se a qualquer momento. Mostrara ao Kim o meu cartão recarregável dos transportes públicos, ele meneara a cabeça, dissera algo em coreano e fizera-me sinal para o acompanhar, tanto quanto me era dado a entender, o homem pretendia correr Seul a pé, caminhávamos há cerca de meia hora e não entráramos ainda em nenhuma loja, eu tinha sede, apontara para uma loja de conveniência, queria comprar uma garrafa de água, o Kim abanara de novo a cabeça e prosseguira sem fazer caso do meu braço estendido, impelira-me a não parar.

O Sr. Kim só se imobilizava perante o sinal vermelho dos semáforos, e mesmo nessas circunstâncias só a muito custo. Parava bruscamente, as solas derrapavam no cimento dos passeios, apesar de estes estarem secos, mais secos não podiam estar sob o céu límpido, ele sustinha-se na borda dos passeios, resfolegava e sapateava com ânsia, bufava e esperava que o sinal mudasse, por vezes não esperava pelo sinal verde e, ao confirmar que os carros ainda se encontravam a alguma distância, lançava-se em frente.

A destreza e a ousadia do Kim eram, de facto, impressionantes; enfrentava o trânsito de Seul com a maior das coragens, milhões e milhões de pessoas e viaturas não o incomodavam, tanto atravessava ruas quanto avenidas com oito faixas de rodagem, nada o detinha, a meio das avenidas virava-se para trás e fazia-me sinal, instigava-me a segui-lo por entre os carros, autocarros e camiões em movimento, convinha sobretudo que prestasse atenção às motorizadas, pois as motorizadas em Seul não cumprem as regras de trânsito, os condutores de motorizadas em Seul não param nos sinais vermelhos, circulam pelos passeios, atravessam passadeiras, amiúde é necessário dar um salto para o lado ou recuar de forma a não se ser atropelado. Este fenómeno das motorizadas assassinas causa um transtorno considerável ao viajante estrangeiro que não está habituado a este género de circulação e se põe em risco ao atravessar uma rua ou avenida quando vê o sinal verde para os peões. O viajante estrangeiro que está há pouco tempo na Coreia do Sul não espera encontrar motorizadas nos passeios reservados aos peões, e também não espera ser atropelado por uma motorizada que arranca quando o sinal vermelho dos semáforos proíbe a circulação de veículos e cede passagem aos peões, portanto, o viajante estrangeiro caminha pelos passeios e atravessa as ruas com o sinal verde sem saber que corre risco de morte, e é, diga-se, vítima de uma armadilha, porquanto caminha pelos passeios sul-coreanos e atravessa com o sinal verde nas passadeiras sul-coreanas sem saber que pode, a qualquer momento, ser atropelado ou mutilado, sendo assim vítima de uma enorme *perversidade cultural*, pois caminha com a crença de estar a salvo ao cumprir todas as regras de boa conduta dos peões. Por outro lado, o Kim avançava quando o sinal estava *vermelho* para os peões, e isso não originava tantas dúvidas em relação ao perigo que corria, os carros buzinavam e o Kim saltitava pelas avenidas sem nunca cessar de me fazer sinais, virava-se e fazia-me sinal, eu acenava-lhe, uma temeridade daquelas vira-a apenas no meu tio-avô Álvaro, casado com uma irmã da minha avó paterna, o meu assim designado tio-avô Álvaro morava em Paris e atravessava as avenidas e ruas parisienses com o sinal vermelho, tal qual o Kim. O Álvaro não era marreco, contudo, coxeava, arrastava a perna esquerda pelas largas avenidas e *boulevards* franceses, os carros buzinavam e também ele se virava para trás a meio do caminho e nos gritava que avançássemos, se um carro o atropelasse ou a nós, ou se um carro lhe tocasse ou a nós, ele tirava-lhe a matrícula, anotava a matrícula do carro num papel e comunicava o sucedido à polícia, isto era o que dizia, em Paris, o meu assim designado tio-avô Álvaro, ele virava-se para trás e falava-nos em português, o Kim falava em coreano e eu perguntava-me o que estaria ele a dizer, ele continuou a mover-se com desfaçatez, a falta de pescoço e o peso da mala levavam-no a balançar de um lado para o outro, de vez em quando trocava a mala de mão, numa ocasião propus-lhe, em inglês e sobretudo por gestos, carregar a mala por ele, o Kim agarrou-a com as duas mãos, segurou-a junto ao peito, silvou, logo lhe pedi desculpa, enfiei as mãos nos bolsos, prosseguimos, doíam-me os pés, as meias estavam-lhes coladas, o Kim esbracejou e apontou para uma série de edifícios de dois andares situados após um viaduto, estugou o passo e esforcei-me por o acompanhar, desunhei-me para o alcançar, ele passou sob o viaduto e logo se lançou a uma das lojas, um estabelecimento com uma pequena montra aberta na fachada castanha e escura de um edifício com dois andares, cujo telhado pendia para um lado, na montra encontravam-se bonecos e peças de louça de todo o género. Entrámos na loja e senti comichão no nariz. O Kim avançou rumo ao balcão e arrastou consigo uma nuvem de pó... desapareceu de vista por um momento... reapareceu... tinha já pousado a mala no balcão. Surgiu então uma senhora, ela cumprimentou-o e ele a ela, eu também disse olá em coreano, eu sabia dizer olá e obrigado em coreano, nada mais, era quanto bastava. A senhora fitou-me, grunhiu um «oh» longo, o Kim interrompeu o gemido da senhora, conversaram durante algum tempo, a mulher afastou-se do balcão, ele virou-se para mim e levantou um polegar, estava tudo bem, impecável. Ao virar-se para trás, o Kim gerou nova onda de pó, tossi, comecei a deambular pela loja, ergui os pés de modo a não calcar canecas e tigelas, dragões de louça. À luz débil que entrava pela montra juntava-se a de um pequeno candeeiro de teto, e temi afastar-me demasiado do balcão, pois perderia o Kim de vista. A senhora reapareceu com um tabuleiro, no qual transportava três chávenas e um bule de chá fumegante, ofereceu uma chávena a cada um, agradeci-lhe... em coreano!... O Kim também lhe agradeceu, a mulher interpelou-me.

— *You like, hmmm, agent?*

— *No, no, nooo* — tentei ser o mais explícito possível, de facto não sabia o que lhe dissera o Kim, quiçá ela pretendesse perguntar-me se, naquele dia, estava a agir como agente comercial, tal qual o Kim, seria porventura seu aprendiz, todavia, não era o caso, eu não queria, de modo nenhum, ser visto como um agente, como um *commercial agent*, conquanto ser tomado por agente comercial não fosse tão desprestigiante quanto ser tomado por agente literário; com efeito, admitia, ainda que com relutância, ser tomado por agente comercial e representante dos interesses de fabricantes internacionais de bonecos e porta-chaves, no entanto, não podia, de *maneira nenhuma*, admitir que me confundissem com um agente literário, porque isso seria aviltante. Como eu não tinha a certeza do que o Kim lhe contara em coreano, não podia estar certo de que a senhora não me houvesse tomado por um agente literário estrangeiro, inclusive um agente literário ao serviço do Kim, ou mesmo por um agente literário que, naquela ocasião, realizasse também funções como agente comercial, e, se é verdade que poderia aceitar a putativa carreira de agente comercial sem causar grande dano à minha dignidade, é igualmente verdade que não podia aceitar ser tomado por agente literário e aceitar assim ser-me feito o maior dos insultos imagináveis, pois embora tivesse diversos defeitos, não consentiria que me alcunhassem de parasita e incompetente, e por esse motivo tive de refutar com veemência a designação de agente. Beberiquei o chá, estava quentíssimo, o Kim pigarreou e tratou de destravar o fecho e abrir a mala de trabalho, enfiou a mão na mala e dela tirou vários peluches, o Pato Donald, o Bugs Bunny, dúzias de porta-chaves caíram ao chão, mais pó que se ergueu no ar. Beberiquei mais chá, o Kim espalhou os bonecos no balcão, a lojista disse «oohhh», começou a apalpá-los, curvei-me e apanhei alguns porta-chaves, inspirei pó e tossi, tive um genuíno ataque de tosse, faltou-me o ar, atrapalhei-me, poderia ter uma crise alérgica, felizmente tinha seguro de viagem, mas quem telefonaria à companhia de seguros?, associariam tal ataque de tosse à minha asma de infância, recusar-se-iam a pagar-me os tratamentos?, não podia correr riscos, o Kim deu-me uma palmada nas costas, continuei a tossir e saí para apanhar ar, caminhei para a frente e para trás no passeio diante da montra. Quando regressei ao interior da loja, o Kim e a mulher gesticulavam, a mulher sacou de uma folha de papel e de uma caneta, ele bateu com a palma na mão na folha, o balcão vibrou, as canecas tilintaram, a mulher fez as suas anotações, o Kim saltitou, ora apoiava-se num pé, ora noutro. Era então assim que o Sr. Kim vendia os seus produtos e, em simultâneo, produzia a sua literatura, as suas obras-primas, e eu nada, seco de corpo e mente, perdia tempo com problemas alheios, maridos adúlteros e violentos, carências afetivas, e ainda nem sequer comprara o teste de gravidez. O Kim pareceu satisfeito, coçou a barriga e deu um estalido com a língua, ele e a mulher trocaram pequenas vénias, ele guardou os peluches na mala, a mulher foi buscar uma pá e uma vassoura e varreu os porta-chaves. Atirou-os, em seguida, para dentro da mala do Kim, que lha abrira com alegria, e os porta-chaves juntaram-se aos peluches, o Kim apertou a fivela e da mala soltou-se uma poeirada... e bolas de pelo... rodilhões de cotão... Eles despediram-se, eu disse adeus à senhora, ou, para ser mais correto, disse-lhe porventura olá, porque não sabia dizer corretamente adeus, já que em coreano olá e adeus são duas palavras *semelhantes*, não iguais, apenas semelhantes, porém, indestrinçáveis para mim, essa é que é a verdade, a senhora acenou-me e o Kim não tardou a fazer-se ao caminho, virou na direção oposta à do viaduto, prosseguimos por uma avenida com seis faixas de rodagem em cada sentido, havia muito trânsito, senti fome.

O Kim sorria amiúde e só se detinha quando a avenida intersetava ruas perpendiculares, parava no sinal vermelho — mas nem sempre —, não ouvia as buzinas, ou ouvia-as e ignorava-as. Era feito de aço, o Sr. Kim, uma máquina de destruição. Enquanto caminhava, a mala balançava para a frente e para trás, soltava pó e tufos de pelo. Entrevia-se, abaixo das fivelas, a cauda de um boneco, as orelhas de um outro peluche. Estava calor na rua, os fumos dos escapes acumulavam-se e rodopiavam juntamente com a areia do deserto de Gobi, procurei a minha máscara na mochila, não a encontrei, vasculhei os bolsos, encontrei apenas os papéis que o Evan me dera na véspera, guardei-os de novo no bolso, tossiquei. O Kim parou junto de uma barraca de fruta e legumes, eram muitas as barracas de venda de fruta e hortícolas espalhadas pela cidade, em Seul havia poucos supermercados, por outro lado, havia muitas barraquinhas desmontáveis de venda de fruta e hortícolas, assim como vendedores ambulantes de fruta e legumes que estendiam panos no passeio ou pousavam alguidares na berma da rua para aí venderem os referidos legumes e frutas, quem estendia os panos eram sobretudo idosas com um ar campestre, passavam o dia sentadas no passeio a virar e revirar o cebolinho e as cabeças de alho, sorviam os fumos, as velhinhas coreanas eram genuínos filtros de ar, o Kim deteve-se a apreciar os hortícolas daquela barraca, um sujeito de óculos levantou-se de uma cadeira desdobrável ao lado de uma carrinha vermelha e acercou-se dele, saudou-o, o Kim entabulou conversa de imediato, as orelhas de um peluche espreitavam por um buraco na mala, o marreco tocou nos melões coreanos, o sujeito de óculos aguardou, o meu colega escritor pousou a mala no chão, sacou da carteira e falou com o vendedor, este foi buscar um saco de plástico à carrinha, em seguida pôs quatro dos pequenos melões coreanos no saco, o Kim pagou-lhe com uma nota, o sujeito agradeceu, retomámos o nosso percurso, os meus pés nadavam nas meias transpiradas, o marreco não parava, tinha imensa força de viver, não desistia, bamboleava o corpo, como se fizesse um barril avançar pelo passeio... dava que pensar, colocava os meus problemas noutro patamar... inferior!... havia que os ver de uma perspetiva diferente... contudo... O meu companheiro parou e sentou-se na borda de cimento de um canteiro de flores, pousou a mala e o saco de plástico no chão, fez-me sinal para me sentar, tirou um melão do saco e bateu com ele no canteiro de flores até abrir um lanho na casca, que depressa alargou à pancada até dividir o fruto em dois. Depois ofereceu-me as metades, agradeci, peguei no melão aberto, o Kim sacou de outro melão e abriu-o com recurso ao mesmo processo, sorveu uma das metades, imitei-o, o melão estava maduro e doce, o seu suco foi refrescante, ele depressa comeu as duas metades, por fim, também terminei o meu melão. O Kim estava contente, já tinha fechado uma venda e comia agora um melão, tanto lhe fazia ter ou não pescoço. Era feliz. Antes de deitar ao lixo as cascas amarelas do melão, observou-as com atenção, não era de espantar o seu sonho de ter um negócio de distribuição de cabazes de legumes, todas aquelas cores e frescura, o trabalho ao ar livre, teria somente de se precaver contra os efeitos nefastos dos fumos de escape da cidade e das areias do deserto, era uma ocupação árdua, mas não mais teria de limpar o pó da mala e dos sapatos, bom, talvez algum dos sapatos, mas não tanto, porque tinha os sapatos cheios de pó... sapatos de biqueira triangular... como era ele capaz de calcorrear quilómetros naquelas circunstâncias? Um mistério da sobrevivência humana. Sorriu, retribuí-lhe o sorriso, o Sr. Kim era um indivíduo simpático, custava-me aceitar que procurasse o manuscrito da espanhola pela calada da noite, mas nada como uma boa oportunidade para suscitar todo o género de instintos perversos, sobretudo quando se está desesperado. O Sr. Kim arrastava-se de loja em loja e sonhava com as suas motorizadas e carrinhas de distribuição de legumes — e melões —, uma atividade sadia a acrescentar à escrita. Eu, por meu turno, preferia descansar, dormir oito horas seguidas, como nos exige a mais elementar fisiologia humana, acordar, rebolar e voltar a adormecer, estava impossibilitado de o fazer por conta das responsabilidades, das minhas responsabilidades enquanto escritor e, ademais, das minhas responsabilidades enquanto cidadão respeitável, o tempo decorria e nada de manuscrito, a pressão aumentava, era asfixiante, não conseguia respirar.

— Obrigado — gemi por entre tossidelas. O Kim deu-me palmadas nas costas, eu engolira uma pevide de melão, esta descera pela garganta com dificuldade, atraiçoara o meu querido esófago. O meu colega escritor acorreu a uma loja de conveniência próxima e comprou-me uma garrafa de água, era um homem sobremaneira atencioso. Eu parei de tossir e ele gesticulou a fim de me perguntar se eu estava em condições de seguir caminho, retomámos a nossa marcha por Seul rumo a outra loja, sempre em busca de inspiração, de temas, não fizera ainda uma única anotação, ser-me-ia necessário observar com mais atenção o ambiente que me rodeava, contemplar as ruas, os edifícios, acima de tudo, as pessoas.

Notei então que nos encontrávamos numa zona já minha conhecida, quiçá a tivesse percorrido no sentido oposto, já passara por ali, sem dúvida, o Sr. Kim riu-se e disse algo em coreano, olhei em frente e apercebi-me de que estávamos nas cercanias da clínica veterinária, eu já vislumbrava a clínica no outro lado da avenida. No passeio da clínica deambulava um homem com uma bata branca vestida e uma transportadora de animais na mão, caminhava de um lado para o outro sem parar. Continuámos a progredir, estava sinal vermelho para os peões, o Kim avançou sem qualquer temor, os carros buzinaram, um deles ainda tocou ao de leve na mala com peluches, soltou-se pó, o Kim equilibrou-se com a mala de couro numa mão e o saco de plástico na outra, queria salvar os melões coreanos, e os peluches, os porta-chaves, estaquei no passeio, o Kim gritava-me palavras de incentivo enquanto saltitava e evitava um atropelamento fatídico... no outro lado da avenida, o homem de bata branca lançava urros ocasionais ao ar... uma senhora com um cãozinho nos braços acercou-se da porta da clínica, ele correu até lá e gritou-lhe aos ouvidos, a mulher fugiu, o cãozinho ladrou, o homem da bata branca virou-se, então, para a avenida e viu-me no lado oposto, urrou ainda mais alto e ergueu um punho cerrado acima da cabeça, tentou atravessar a avenida com a transportadora na mão, um carro quase o atropelou, ouviram-se mais buzinadelas, o Sr. Kim estava agora a meio do caminho, saltitava com a mala e o saco, um em cada mão, o veterinário começou também a saltitar com a transportadora na mão, curvou-se em frente para evitar um camião e caiu-lhe um estetoscópio do bolso da bata, o Kim voltou-se para trás, incentivou-me de novo, virou-me costas, prosseguiu, o veterinário avançou um metro, dois metros, pontapeou o estetoscópio, bradou-me de punho cerrado no ar, estava sinal vermelho para os peões, virei-me para a direita e afastei-me.

IX

Após percorrer alguns quarteirões e me distanciar o suficiente da clínica veterinária, parei, recuperei o fôlego, bebi a água que o Kim me havia dado, olhei por cima do ombro, não avistei nem o veterinário nem o meu colega escritor, abanei um pouco a camisola, refresquei-me, tirei a mochila das costas, abanei mais a camisola, pus de novo a mochila às costas, consultei o telemóvel, eram então dez da manhã, de tarde encontrar-me-ia com a Beatriz, ela teria de me entregar a sua mala grande, restava-me comprar o teste de gravidez o quanto antes, as deambulações com o Sr. Kim tinham apenas servido para me fatigar, nada mais, ah, o horror do desperdício, é certo que não tinha condições de trabalho perfeitas, só na véspera virara a mesa para norte e ainda não me sentara para escrever, a incerteza do estado da Beatriz perturbava-me, estaria grávida?, estaria zangada?, a sua ira abater-se-ia sobre mim com extrema implacabilidade?, abandonar-me-ia na Coreia do Sul?, a angústia!, não era de admirar que não conseguisse trabalhar sob tanta pressão, os meus editores tinham razão, a pressão aumentava, tornava-se difícil respirar, as condições não eram as melhores, todavia, eram condições, *havia condições*, afinal, o Sr. Kim impelia o seu corpo abarrilado por Seul com desfaçatez, vendia peluches e ainda sonhava com a distribuição de hortaliça enquanto escrevia, um feito de sua parte, o marreco era um hino ao esforço, a falta de pescoço proporcionar-lhe-ia, porventura, uma agilidade sobre-humana, de facto, a ausência de pescoço garantia-lhe, sem dúvida, uma vantagem enorme sobre os seus colegas de profissão, porquanto podia passar dias inteiros a laborar com afinco na escrita sem sentir dores de pescoço, todos sabem que as dores na coluna cervical constituem um entrave à escrita, ora, o Kim não padecia dessa maleita, ele antecipava o nosso futuro desenvolvimento antropológico e era deveras zeloso, trabalhava sem cessar, ao invés de perder tempo com passeatas por Seul ou com a Gyu-ri e mulheres desconhecidas encontradas no metro, eu devia dedicar-me de corpo e alma ao trabalho, mas, enfim, impediam-me o cansaço, a apatia, quiçá precisasse de beber um pouco de álcool, um copinho de *soju,* para me estimular, ou, em alternativa, ler o manuscrito da Rute Gorigoitia, de modo a inspirar-me, não lhe roubaria o texto, nada disso, ainda que, por essa altura, os caranguejos lhe enchessem a boca e fizessem uso indiscriminado do seu trato gastrointestinal, não, nada de plágio, cada autor tem um estilo inimitável, para o bem e para o mal, sobretudo para o mal, o estilo, as palavras e os temas utilizados numa obra podem facilmente ser associados ao seu autor, cada autor escreve de uma maneira única, essa é que é a verdade, de nada adianta roubar um texto a outrem, pois, nesse caso, além de se cometer uma vilania intelectual, cai-se também no maior *vexame*. De minha parte, não corria o perigo de ser copiado, poderia espalhar cópias dos meus textos originais por todo o meu país natal e ninguém os leria. O manuscrito da Rute Gorigoitia serviria apenas como estimulante, uma vez que os estímulos anteriores haviam fracassado por completo. Os estímulos anteriores haviam-me *fatigado* e *consumido*: a deambulação com o Kim fatigara-me, a noite passada com a Gyu-ri consumira-me e, naquele instante, a noite passada com a Gyu-ri também me angustiava. Pensei no teste de gravidez e na Beatriz e, em simultâneo, na Gyu-ri, e apoderou-se de mim um imenso mal-estar, senti um vómito subir-me das entranhas, parei, respirei fundo, curvei-me de mãos nos joelhos... novo vómito... um pouco de líquido expelido, uma gosma amarela onde boiava uma pevide de melão... novo arranque... mais um pouco de líquido, desta feita esverdeado... bilioso... ao meu lado, sacos de plástico amarelos, resíduos orgânicos, limpei a boca às mangas da camisola, sujei-as asquerosamente, remexi os bolsos, passei um papel pela boca, os transeuntes olhavam-me, enojados, viravam de imediato o rosto, como se me pudessem eliminar, blasfemos, ignoravam-me, rejeitavam uma sumidade intelectual. Peguei noutro dos papéis que tinha nos bolsos, para assim limpar a boca, e ao levá-lo à cara vi a caligrafia do Evan, tratava-se do papel com a morada da igreja do seu irmão John, limpei o queixo com as costas da mão, reli a morada, o nome do bairro não me era estranho, recompus-me e caminhei até uma cafetaria, onde pedi um café, paguei a conta, fui ao quarto de banho lavar a cara e as mãos, bochechei com água da torneira a fim de tirar o sabor a vómito da boca, regressei ao salão da cafetaria, passei pelo balcão, recolhi o copo de cartão com café, sentei-me a uma mesa, pousei a mochila na cadeira ao lado, saquei do telemóvel, liguei-o à rede da cafetaria, pesquisei a morada da igreja, esta distava cerca de quilómetro e meio dali, guardei o mapa na memória do telemóvel, consultei o e-mail. Era madrugada em Portugal, não recebera nenhuma mensagem dos ditos meus editores, não tinham madrugado, enviei um e-mail à Beatriz, assegurei-lhe que o assunto do teste de gravidez estava bem encaminhado, não disse que estava resolvido — disse, ao invés, que estava bem encaminhado. Foi com satisfação que descobri uma formulação tão eficaz porque assética. Decerto sorri, pois um casal coreano sentado diante de mim sorriu e fez-me uma pequena vénia. Bebi o café, pus a mochila às costas, atirei o copo de cartão para o caixote do lixo, regressei à rua e ao calor, segui as indicações do mapa, calcorreei o quilómetro e meio que me separava da igreja protestante.

Não demorei a encontrá-la.

A igreja tinha, como esperado, uma cruz no telhado, se ali chegasse de noite vê-la-ia iluminada com lâmpadas azuis, de resto, era a habitual igreja cristã na Coreia do Sul, parte revestimento cor de tijolo, parte pintada de branco. Estaquei no pátio de modo a absorver toda aquela beleza. Depois, dirigi-me a uma porta lateral, pigarreei, pigarreei ainda mais alto, tossi, bati à porta, a madeira estremeceu, bati de novo à porta, pigarreei repetidas vezes, doía-me a garganta, quando finalmente ouvi um ruído metálico. Abriram a porta lateral, à qual surgiu um homem alto de cabelo loiro-acastanhado.

— Bateu à porta? — perguntou ele em inglês.

— Sim — respondi.

Silêncio. Pigarreei.

— Deseja alguma coisa? — perguntou. — Posso ajudá-lo?

— Oh, sim, talvez. Estou a falar com o pastor John?

— Sim, sou eu.

— Conheço o seu irmão, o Evan. Ele deu-me a morada da sua igreja.

— Não me diga! Entre, entre.

Entrei na igreja, o pastor John trancou a porta, rodou duas chaves em duas fechaduras, deu uma pancada na porta.

— Porque nunca se sabe — disse ele. — Mas a Coreia do Sul é um país seguro, acredite. É mais seguro criar um filho em Seul do que em Nova Iorque, sabia?

— A sério? Incrível.

— É verdade.

Pediu-me que o acompanhasse até à sua sala privada, percorremos corredores e salas, o homem quase batia com a cabeça na moldura das portas, teria facilmente mais trinta centímetros de altura do que eu, não havia nada a fazer quanto a isso, era genética pura, tem-se o destino traçado quando se descende de um povo de baixa estatura… baixa estatura corporal… e mental… A Gyu-ri considerava-me alto, dizia ela que eu era alto, eu via-me como um sujeito de estatura mediana, ali estava a prova de que eu estava certo, teria de dar a morada da igreja à Gyu-ri, para que ela contemplasse a altura do pastor John e o visse a esquivar-se às portas demasiado baixas. Chegámos enfim à sala privada do pastor, uma divisão bastante luminosa, encontrava-se aí um sujeito sentado à mesa e debruçado sobre um jornal. Ergueu de imediato a cabeça, era um ocidental de cabelos brancos e de rosto enrugado.

— Apresento-lhe o Lennert, o meu ajudante. Mora aqui na igreja — disse o pastor John.

— Muito prazer — disse eu. Estendi-lhe uma mão em saudação.

O velhote ergueu-se, arfou e cumprimentou-me com uma mão que parecia feita de gelatina, apertei-lha e ouviu-se um estalido e uma ligeira sucção, como se de uma cartilagem arrancada a um osso.

— Muito prazer — disse ele, e sentou-se de novo.

— O nosso Lennert tem quase noventa anos; acredita? — perguntou-me o pastor John.

— Nunca adivinharia. Está bem conservado.

— É uma relíquia, uma genuína relíquia! — exclamou o pastor.

Acreditava que o fosse. O Lennert retomou a leitura do seu jornal coreano. O pastor John pediu que me sentasse à mesa, tirei a mochila das costas, pousei-a no chão, sentei-me, ele sentou-se diante de mim, o Lennert estava à minha direita, o pastor entrelaçou as mãos, sorriu, pigarreei.

— O nosso Lennert é alemão, sabia? — disse o pastor John.

— Não sabia.

— Fala um inglês perfeito. E coreano também.

— Um poliglota, portanto — disse eu. — Vive na Coreia há muitos anos?

— Há quantos anos vives na Coreia, Lennert? — perguntou o pastor John.

— Quarenta — disse o velhote.

— O Lennert viu de tudo, de tudo. Viveste aqui durante a ditadura militar, não foi, Lennert?

— Sim, vivi.

— Uma relíquia, digo-lhe!

O pastor logo tratou de me perguntar quem eu era, como conhecera o seu irmão. Apresentei-me, contei-lhe o que fazia em Seul, ele mostrou-se muito interessado, o Lennert também, o alemão suspendeu a leitura do jornal, interpelou-me.

— O senhor fala alemão? — perguntou-me.

— Só o básico, infelizmente. Não sou capaz de manter uma conversa na sua língua — admiti.

— Que pena — disse o Lennert, que fungou e se assoou à manga do casaco.

— Ah, o alemão, essa língua fabulosa. E necessária, muito necessária. Mas, pelo que percebi, o meu amigo precisa de ajuda… — disse o pastor John.

— Sim. Talvez — respondi.

O John aguardou, o Lennert também, ambos me fitaram, lancei-me às palavras, ataquei-as, expliquei-lhes que tinha um bloqueio criativo, ou, para ser mais correto, que pretendia e *precisava* de escrever, porém, via-me constrangido por fatores externos, tais como a disposição das mesas de trabalho, o clima sul-coreano, a pressão dos ditos meus editores, a incerteza quanto à gravidez da minha namorada, porque ainda não comprara um teste de gravidez. Não havia, pois, como criar belas obras, e nem sequer me sentava para escrever, esse é que era o problema. Havia condições, mas não as melhores condições. Não lhes mencionei o veterinário, nem uma palavra sobre o caso. O Lennert coçou o queixo, o pastor John sorriu com benevolência, eu era mais um pecador, que fazia eu ali?, caíra na sua teia, confessara-me, o pastor John deu-me uma palmadinha na mão, tranquilizou-me, asseverou-me que de sua parte não seria capaz de resolver todos os meus problemas, no entanto, seria capaz de resolver *alguns* dos meus problemas, e disponibilizou-se de imediato para ir à farmácia mais próxima, onde, de resto, era bem conhecido, para comprar um teste de gravidez. Com um pequeno teste, a dúvida sobre a gravidez desapareceria por completo, compraria um teste de gravidez e eu pagar-lho-ia assim que ele regressasse, podia esperá-lo naquela sala e escrever o que me apetecesse, poderia, inclusive, passar ali o resto do dia e regressar sempre que desejasse, eu que aproveitasse aquela sala luminosa, seria do mais benéfico para a minha escrita, o Lennert far-me-ia companhia, o bom Lennert poderia até ajudar-me, porque era um verdadeiro repositório de histórias.

— Podes ajudar o Rodrigo, não podes, Lennert?

— Posso.

— Uma relíquia, uma relíquia — disse o John, que se voltou para mim. — E reembolsa-me quando eu voltar, certo?

— Com certeza — garanti.

O pastor saiu e deixou-me a sós com o Lennert, o alemão batucou com os dedos na mesa, pegou no jornal, fungou, pôs o jornal de lado.

— Escritor, hã? — disse ele.

Eu não respondi, encolhi os ombros.

— Quer ouvir uma história, uma história minha? — perguntou.

— Claro, com todo o gosto.

— Então anote tudo aí. Anote, vá, vai dar-lhe jeito para os livros. É um verdadeiro drama.

Para ser franco, estava mais interessado em descansar um pouco, se possível pôr os pés em cima da mesa, preparar-me para regressar à residência, e em seguida cozinhar o almoço e levar o teste de gravidez à Beatriz, todavia, o pastor fora simpaticíssimo. No fundo, as pessoas na Coreia do Sul eram simpáticas e solícitas comigo. As pessoas que residiam na Coreia do Sul, fossem sul-coreanas ou estrangeiras, eram gentis comigo e com a Beatriz.

A ela já lhe tinham emprestado um telemóvel para ligar ao dono da casa onde estava alojada, isto mal chegáramos a Seul, um desconhecido emprestara-lhe o telemóvel e, face à nossa atrapalhação, falara ele próprio com o dono da casa, de forma a entendermos onde se situava a mencionada casa, comigo eram amiúde simpáticos, todos menos a escritora mal-encarada, e um dos porteiros da residência era sobremaneira metediço, mas não era exatamente antipático, ao passo que a Gyu-ri fora, ao início e em certas ocasiões, antipática, desagradável, contudo, também ela se mostrara, entretanto, simpaticíssima comigo. Em suma, as pessoas na Coreia do Sul, vulgo República da Coreia, eram mais simpáticas e solícitas comigo e com a minha namorada do que as pessoas na assim designada minha pátria, com as pessoas da chamada minha pátria é que eu jamais me entendera, não por falta de esforço, antes por algum problema intrínseco à minha personalidade, a minha personalidade era forte e, dizia-se, complicada, e com isso é que os meus designados compatriotas não podiam, eles e as pessoas que, não sendo minhas compatriotas, residiam na minha pátria, quiçá o problema estivesse na língua, assim, à minha língua materna já eu pouco a usava, só com a Beatriz, com parentes e para escrever obras-primas da literatura mundial, ora, o Lennert não falava a minha língua materna, e, conquanto não pudesse afirmar que era simpaticíssimo, também não podia afirmar que fosse antipático.

— Anote tudo — insistiu.

Não tinha onde escrever, o velhote não me ofereceu nada, lembrei-me dos guardanapos e da caneta que guardava ainda na mochila, encontrei-os, pu-los na mesa. Começou a divagar acerca do seu passado: fugira da Europa por não aguentar a burocracia, disse ele. Por não mais suportar o peso da burocracia, fizera-se ao mundo e acabara na Coreia do Sul.

O seu *maior* problema com a burocracia alemã — o seu problema *definitivo* com a burocracia alemã — surgira quase no fim da guerra, tinha ele dezassete anos. Regressara à sua cidade natal no fim de uma longa ausência de trabalho. O Lennert trabalhava, dizia ele, nos caminhos de ferro, mas esta sua ocupação não era mais do que um disfarce, porque, face à escassez de mão de obra na Alemanha, haviam-no requisitado e trabalhava, na verdade, numa fábrica de armamento. O Lennert sentira algum alívio ao ser requisitado para a fábrica, pois assim escapava pelo menos ao alistamento forçado no exército. Contudo, estava proibido de dizer aonde se deslocava a quem quer que fosse, inclusive a familiares, ausentava-se por semanas a fio e atribuía o desaparecimento a supostas deslocações ferroviárias, reparações nas vias, consertos de máquinas, era verosímil e as irmãs preferiam até tê-lo longe de casa.

Bom, o caso foi o seguinte: quase no fim da guerra, o Lennert chegou à sua cidade natal, pegou na mala e no chapéu e suspirou de cansaço; uma vez fora da carruagem, poderia, pelo menos, esticar-se, assim como abanar a camisa, e em casa seria ainda melhor, pois descalçar-se-ia e enfiaria os pés em água tépida com sal. Os restantes passageiros saíram em silêncio do comboio e ocuparam a plataforma da estação terminal, ele pôs o chapéu e seguiu-os. A cidade ainda estava de pé, não fora bombardeada, embora continuasse abafada após as suas cinco semanas de ausência, sim, tão abafada que o fazia transpirar, o calor apoquentava-o e levou, de novo, o lencinho à fronte. Beber um pouco de água aliviá-lo-ia, porém, o bebedouro público distava algumas dezenas de metros e os carris chiavam já, o elétrico aproximava-se. Apanhou-o e chegando, por fim, à sua paragem, puxou o fio da sineta e saiu. Depressa se encaminhou para a porta do seu prédio, um edifício verde de três andares, e procurou as chaves no bolso, encontrou-as e abriu a porta, que frescura, sentiu o alívio da sombra, subiu as escadas até ao último andar, a custo, os degraus rangeram, entrou em casa, atirou o chapéu para uma cadeira. «Um alguidar, um balde, água, algo para os meus pés», bradou ele. As duas irmãs mais velhas de Lennert, com quem morava quando não estava ausente da cidade, chamavam-se Bianca e Katharina.

Ele sentou-se, fechou os olhos, estava contente quando, pouco depois, as duas irmãs lhe atiraram uma carta à cara. «Para que tomes conhecimento.» Assim, de chofre! Na cara! O Lennert tomou conhecimento. A carta dizia que ele deveria apresentar-se, daí a quatro semanas, no registo civil, de forma a contrair matrimónio com *Fräulein* Hermine Schulz. E quem era *Fräulein* Hermine Schulz? Bem, pois, ele não sabia! Tudo certo, nada contra o casamento, a instituição, a tradição, mas, mas… «Quem trouxe esta carta? É uma brincadeira, não?» «Estarás cego para não veres o carimbo oficial?», disse-lhe a sua irmã Katharina, com naturalidade.

As duas irmãs estavam calmas, resignadas. Haviam ambas aceitado o facto de que o irmão se casaria em breve, era assim a vida, menos uma boca para alimentar. Infelizmente, ele não conhecia a noiva, ninguém a conhecia, e isso causava-lhe um certo transtorno. Um transtorno não enorme, mas *moderado*.

Assim moderadamente transtornado, o Lennert inquiriu os serviços centrais, mas tudo em vão. Todos lhe diziam que eram assim os esforços de guerra, nada havia a fazer. Recebera a notificação? Que se casasse.

O que estava determinado, determinado estava, ele deveria simplesmente calar-se, nunca reclamar, de preferência nem falar, a menos que necessário, apenas em caso de vida ou morte. Incomodava as irmãs com as suas perguntas, elas tinham-se habituado a um certo recato, as dúvidas desassossegavam-nas, era aberrante, que se contivesse pela pátria.

Restava-lhe apenas casar-se com *Fräulein* Hermine Schulz.

O Lennert refletiu durante horas, dias. E se ela tivesse uma verruga gigantesca acima do sobrolho? Ou no queixo? E se o agredisse com malvadez? E pior: e se a sua noiva tivesse uma verruga no queixo e lhe batesse com malvadez? A dúvida!

Quando faltava uma semana para o casamento, o Lennert fugira, desertara, emigrara, mudara de identidade e de vida.

E que achava eu de tudo aquilo?

Eu não achava grande coisa, não me esforcei por lhe responder, o pastor John demorava-se, dei uma vista de olhos ao telemóvel, com discrição, sem o exibir, continuei a escrevinhar, encolhi os ombros, ele encarregou-se de prosseguir com o monólogo.

Não obstante, os problemas do Lennert tinham começado muito antes de receber a notificação de casamento compulsivo enviada pelo Estado alemão. Antes da guerra, ele e as irmãs haviam passado por algumas dificuldades após a morte do pai, um funcionário da companhia de caminhos de ferro Wolfstein & Friedrich.

E este primeiro embate com a burocracia estatal — porventura o mais sórdido — foi o seguinte: um dia, o pai do Lennert acordara, pusera-se diante do espelho e da bacia com água e, enquanto pegava na navalha para se barbear, tombara, apoplético. Não era muito velho, embora não fosse novo. Alguns dias depois, as crianças acompanharam a mãe e a restante família ao funeral, e a companhia Wolfstein & Friedrich ofereceu-lhes uma miniatura de comboio, com todos os detalhes, incluindo um forno a carvão com uma porta que abria e fechava, como modo de reconhecimento, não incluíram uma pequena estação nem carris, enviaram-lhes tão-só uma locomotiva com duas carruagens, o Lennert e as irmãs vasculharam o fundo da caixa de latão e não encontraram mais nada. A mãe costurava em casa e lançou-se às meias, às saias, às jaquetas, os filhos comiam-lhe as calças, as camisas, os lenços demasiado depressa, uma blusa dava-lhe meio quilo de manteiga, desaparecia num piscar de olhos, os monogramas em lenços convertiam-se em pão de centeio que nem chegava a pousar na mesa, e, por fim, ela resolveu apresentar-se na sede da Wolfstein & Friedrich. Abriram-lhe a porta com toda a gentileza e conduziram-na ao gabinete do gerente, *Herr* Bonzoni. A mãe do Lennert sentou-se numa cadeira, era confortável, *Herr* Bonzoni mostrou-se satisfeitíssimo com a sua visita, perguntou-lhe se tomava alguma coisa, a senhora não quis nada, não desejava que *Herr* Bonzoni perdesse mais tempo do que o estritamente necessário, portanto, inquiriu-o sobre uma eventual ajuda da companhia Wolfstein & Friedrich à sua família, uma lembrança pelos anos de bons serviços prestados pelo falecido marido, *Herr* Bonzoni tossicou, compreendia decerto a situação da viúva e dos seus filhos, contudo, ela recordar-se-ia, sem dúvida, do comboio na caixa de latão, uma locomotiva minuciosamente reproduzida, incluindo o forno a carvão, e também convinha rememorar determinadas falhas no serviço por parte do falecido, como a ocasião em que o seu marido deixara cair o apito à linha, ora, uma companhia é gerida com base nos ganhos e nas despesas e as entradas de capital têm de ser superiores às saídas, todas as despesas reduzem o lucro da companhia e os tempos não eram os mais prósperos, eram, na realidade, difíceis, os caminhos de ferro confrontavam-se com diversas vicissitudes, sofriam reveses aterradores, as carruagens nem sempre seguiam cheias, para pagar o devido aos funcionários teriam, no mínimo, de apinhar os passageiros, pô-los uns por cima dos outros, primeiro sentavam-nos, depois recobriam-nos de pernas e braços, cabeças contra cabeças, as viagens só assim seriam lucrativas, e naquelas circunstâncias um mero apito era de extrema importância, um bom apito equivalia a um, dois bilhetes inteiros, quiçá três bilhetes inteiros, ou dois e meio, meio para criança, isto sem esquecer a possibilidade de o seu marido se haver eventualmente atrasado uma manhã, ou duas ou mais manhãs, chegando tarde à estação. Para se certificar de que o pai de Lennert nunca se atrasara, *Herr* Bonzoni teria de consultar os registos que, no entanto, estavam armazenados em Koblenz, não era prático, não, de maneira nenhuma, não dispunha de meios para os consultar, era inimaginável enviar alguém que o substituísse em tais funções, a comissão de trabalhadores cair-lhe-ia em cima, eram verdadeiros lacraus. A mãe do Lennert era uma mulher que contorcia e retorcia as mãos, todavia, acabava por falar, e aproveitou uma aberta no discurso, mudou de rumo: a companhia Wolfstein & Friedrich não teria uma vaga disponível para o seu Lennert?, como aprendiz, claro. *Herr* Bonzoni cofiou o bigode, levantou-se, chamou a secretária, durante alguns segundos fitou a visitante. Quando a secretária chegou, pediu-lhe a pasta cinzenta. Assim que se viu com ela na mão, abriu a pasta sobre a mesa e espalhou os papéis aí guardados. *Herr* Bonzoni encontrou uma vaga, ademais a poucos quilómetros dali, onde o pequeno Lennert começaria por ser aprendiz, pagar-lhe-iam somente as refeições e circularia gratuitamente nos comboios da companhia, era um bom começo, bastante promissor. A mãe do Lennert agradeceu-lhe a atenção, aceitou a oferta e despediu-se. O rapaz entrou, desta forma, ao serviço da grande companhia ferroviária. A sua mãe fez-lhe um fatinho novo, com casaco, calças, camisa, uma gravata, cortou uns suspensórios do seu falecido pai, o Lennert lá seguiu caminho, as coisas correram-lhe de feição e, após um mês de separação, regressou a casa por uns dias, com uma carta do próprio *Herr* Bonzoni na mão, pois o gerente pretendia premiar o jovem com uma pequena lembrança para toda a família, que ele e a sua mãe poderiam levantar na sede da Wolfstein & Friedrich. A mãe do Lennert exultou, estava feliz, satisfeitíssima com a companhia ferroviária, sentiu-se na obrigação de sair para o corredor do prédio e bater a todas as portas, recomendou os seus *serviços ferroviários* em *qualquer ocasião*, em lazer ou por motivo de trabalho, para visitar os pais, os avós, os tios, em deslocações curtas ou longas, nada se comparava a abrir uma janela e ver a verdura correr desabrida numa carruagem da W&F, com assentos macios, confortáveis, inclusive na segunda classe, na terceira classe não eram maus de todo, e eles os dois, mãe e filho, desceram as escadas e dirigiram-se à sede da companhia. Estacaram diante da fachada do edifício. O Lennert tinha a carta na mão, o papel com as indicações do gerente, mostrou-o à rececionista, a senhora acompanhou-os ao longo do vestíbulo e conduziu-os à secção contabilística, onde três ou quatro funcionários se debruçavam sobre as mesas. A mãe do rapaz anunciou que pretendia falar com o guarda-livros, levava-a ali um assunto importante, uma carta de *Herr* Bonzoni, o guarda-livros apareceu, ela mostrou-lhe a carta com as indicações do gerente e o guarda-livros pediu-lhe um comprovativo da identidade do rapaz, uma certidão de nascimento, um registo de paróquia. A senhora pousou, de imediato, a certidão do filho no balcão, o guarda-livros abriu-a e começou a analisá-la com minúcia, os dedos percorriam as palavras linha a linha e, de súbito, deteve-se, premiu o papel com o indicador, havia um problema, uma dificuldade inesperada, o guarda-livros encarou a mulher, torceu a boca, afirmou ser-lhe impossível seguir as instruções de *Herr* Bonzoni. Ela quis saber qual o problema com o seu querido Lennert, qual o problema com a sua certidão?, faltar-lhe-ia algum documento essencial?, um carimbo?, e o guarda-livros indicou-lhe a data de nascimento do rapaz. — Aqui tem, minha senhora, o problema é este! — Ela olhou para o papel, viu a data. Não compreendeu o que o guarda-livros pretendia dizer. Aquela era, com efeito, a data de nascimento do filho, estava correta, dia, mês, ano, lançou uma olhadela ao local de nascimento e também este estava certo, certíssimo. — Não está a ver a data, minha senhora? A data. — Oh, ela via a data, sem dúvida, mas não encontrava o problema. Pegou na certidão, abeirou-a dos olhos, sentiu o cheiro do papel grosseiro, porém, não descobriu o problema, este escondia-se, não havia como o detetar. — Lennert, lê tu, porque eu já tenho a vista cansada. — E o rapaz leu a certidão e não se apercebeu de nenhum problema. O guarda-livros fitava-os com um ar zombeteiro. — Não sabem ler! — disse ele. A mãe sentiu-se ofendida, disse ao filho que se iriam embora, recolheu a certidão, abriu a porta. Depois, fechou a porta. Pensara melhor. Afinal, não desejava fazer a desfeita a *Herr* Bonzoni. Perguntou ao guarda-livros qual era, no fim de contas, o problema com a data de nascimento. — Repare, o seu filho nasceu a 28 de fevereiro de 1928 — disse ele. Continuavam a não entender o guarda-livros, que bufou; os restantes funcionários prosseguiram com os seus cálculos, o Lennert e a mãe estavam diante do balcão, em silêncio, desorientados, o Lennert não sabia para onde virar a cara, não estavam, pelos vistos, ao corrente das normas do país, não liam os decretos, não se informavam, desconheciam o funcionamento normal das secções de contabilidade. O problema era simples, conquanto também complicado: o rapaz nascera a 28 de fevereiro de 1928 e, segundo uma lei obtusa aprovada poucos meses antes pelo Führer, estavam proibidas as transações monetárias que incluíssem a entrega de dinheiro vivo a quem tivesse nascido antes de 1 de março de 1928. — Até 1 de março de 1928, percebe? — A mãe de Lennert não se sentiu bem, ofereceram-lhe uma cadeira, um copo de água, um lenço, sais de frutos, uma dor lancinante tolhia-a, estava pálida. Não era para menos: o seu Lennert, nascido a 28 de fevereiro de 1928, nascera, na verdade, a 29 de fevereiro de 1928, mas o pai registara-o a 28, dizia que lhe daria mais sorte, bênçãos ao longo da vida, segundo ele assim sucedia a quem nascia em fevereiro, e no dia 28, dia de São Romão de Antioquia. — E quem nasceu a 1 de março de 1928? — perguntou ela ao guarda-livros. — Está isento de retenção. A partir de 1 de março: completamente isento! — Foi demasiado para a senhora, era uma tragédia, se o marido o tivesse registado a 1 de março e não a 28 de fevereiro... A lei, se analisada, *faria decerto todo o sentido*, era uma lei aprovada pelo Führer, os governantes sabiam e sabem *sempre* o que fazem, mas a decisão do seu falecido marido havia sido, no mínimo, *irracional e escabrosa*. E agora nem poderia reclamar, o homem estava morto, enterrado.

A mãe do Lennert inquiriu de novo o guarda-livros, submeteu-o a um interrogatório, o homem não mais tinha onde pousar as mãos, estava entontecido, não, não havia como ajudá-los, ela resignou-se, o Lennert também, eram bem-educados e, com a carta de *Herr* Bonzoni na mão e a certidão de nascimento no bolso, abalaram, saíram da sala, atravessaram o vestíbulo, o céu encobrira, a senhora não estava, de todo, animada, regressava à sua costura, às camisas e saias, cinturas largas e estreitas, peitos descaídos, fitas métricas em redor das alimárias, o filho retornaria à estação de caminhos de ferro, em si uma bênção, pois a presença do jovem Lennert era-lhe agora desagradável. No fundo, o rapaz desaparecera por completo sob jaquetas, rolos e rolos de tecido, musselina, fazenda, e já não existia para a própria mãe.

— Mas, na verdade, eu nasci a 29 de fevereiro — disse ele, batendo com o punho na mesa, esta estremeceu, eu estava prestes a esgotar os meus guardanapos.

O Lennert continuara a trabalhar na companhia ferroviária até ser recrutado para a fábrica de armamento. A mãe dele morrera, as irmãs tinham herdado a clientela e o negócio de costura, e, após receber a notificação para se casar e decidir fugir, o Lennert saltara para território checoslovaco, ainda ocupado, e escondera-se na floresta. Finda a guerra não muito depois, iniciou o seu périplo pelo mundo e acabou na Coreia do Sul. Nunca se casara nem regressara à Alemanha, e por vezes debatia-se com dúvidas.

— E se ela era a mulher da minha vida? A minha noiva. Mesmo com verrugas — gritou ele. — Quem me garante que não era? Diga-me.

— Ninguém — respondi.

— Diga lá!

— Ninguém, já disse.

— Mais alto!

O homem estava desvairado. Por sorte, o pastor John entrou, nesse momento, na sala, trazia um saquinho na mão.

— Calma, Lennert, calma. Não te exaltes, cuidado com o teu coração.

O Lennert acalmou-se, o pastor acercou-se de mim.

— Não me diga que ele lhe contou a história do casamento.

— Sim — respondi. — É um assombro. Fascinante.

— Outros tempos. O Lennert viu um pouco de tudo, mas é com essa história que mais se exalta — disse o pastor. — Com as outras exalta-se menos.

— Podíamos ter tido filhos! — bradou Lennert.

O pastor fitou-o com ternura, lançou-me um olhar de entendimento, o pobre Lennert estava transtornado.

— Olhe, aqui tem o teste. Demorei porque tive de ir a outra farmácia, esta não tinha testes. Estavam esgotados. Ah, multiplicai-vos, disse o Todo-Poderoso.

— Obrigado.

Peguei no saquinho, dei uma olhadela ao seu interior, o pastor John esticou a mão, mexeu, aos poucos, os dedos num movimento ondulado, um sinal universal, saquei da carteira.

— O valor está no recibo — disse ele.

Tirei o recibo do saquinho, paguei-lhe a quantia devida, levantei-me, guardei os guardanapos e a caneta na mochila, estava na hora do almoço.

— Mais uma vez, obrigado, pastor. Ajudou-me muito.

— Ora, ora, não custou nada. Escreveu, pelo que vi.

— Sim.

— Já se vai embora? Não tenho nada para lhe oferecer ao almoço, vou a casa, a minha esposa está à minha espera. Também sou casado com uma sul-coreana, sabe? Como o meu irmão.

— Que coincidência.

— Mas apareça cá outra vez, o Lennert tem muitas histórias. Muitas histórias. E na próxima semana vamos pintar as paredes da igreja. Quer ver a igreja?

— A única e verdadeira igreja! — gritou o Lennert.

— Talvez noutro dia, estou bastante atrasado — disse eu.

— Claro, claro, compreendo. Venha quando quiser, traga a namorada. Há sempre atividades, e nós gostamos de ajudar. Não é, Lennert?

— É — disse o alemão.

Pus a mochila às costas, despedi-me dos dois homens, o pastor John acompanhou-me até à porta lateral, saí, saquei do telemóvel, verifiquei de novo que horas eram, guardei o telemóvel no bolso e larguei a correr em direção à estação de metro.

X

Saí da estação e apanhei um autocarro até à residência, era o número 4, a lancheira verde, aproximei o cartão de viagem do leitor automático do veículo, procurei um assento livre, não encontrei nenhum, conservei-me de pé, a cabeça rente ao tejadilho, o pastor John não caberia ali dentro, teria de se dobrar a meio, esse bem podia esperar sentado por ajuda para pintar as paredes, que esperasse por mim e pela Beatriz com paciência, pois precisaria dela, competia-me escrever e a Beatriz não estava em condições de subir a escadotes ou andaimes para pintar paredes, nem sequer lhe mencionaria aquele episódio, ela havia de me perguntar porque é que eu fora à igreja, nem pensar em falar-lhe do veterinário, é certo que o Evan me dera o papel e a morada da igreja do seu irmão para que os usasse caso precisasse de alguma ajuda, no entanto, o pastor John não tinha como me auxiliar naquilo em que mais necessitava de ajuda, o pastor John poderia, no máximo, ajudar-me em pequenas tarefas ou com problemas tidos como secundários, ou que, com efeito, não eram problemas, somente tarefas a cumprir, e o pastor John precisava, ele também, de ajuda, no seu caso, para pintar paredes.

Ao chegar à paragem, desci do autocarro, caminhei até ao cruzamento da estação de lavagem de carros, ansiava por beber água, estuguei o passo, levantou-se uma rajada de vento, a areia impelida pela ventania obrigou-me a semicerrar os olhos, continuei a caminhar, tropecei num saco de lixo amarelo, estava roto, os resíduos espalharam-se pelo asfalto, sujei as calças, praguejei, pensei para comigo que era chegada a hora de mudar de rumo, de escrever, enfim produzir, no chão estavam espalhadas cascas e espinhas, pétalas de flores e ossos, eu escreveria o meu romance, a Beatriz lê-lo-ia e dar-me-ia a sua opinião, refleti e decidi que escreveria o romance sem mais tardar, restava saber se o digitaria apenas no computador, se o desenvolveria em papel, que meio de escrita usar, se o escreveria com caneta ou lápis, se com pétalas ou ossos, acaso me empenhasse de verdade e seria possível, exequível, escrever com pétalas ou com ossos, depressa alcancei o portão da residência, o cãozinho despertou e abanou o rabo, latiu, aproximei-me dele, afaguei-lhe o pelo, cocei-lhe o pescoço, o porteiro apareceu à porta da sua casinha, era o segundo porteiro, não o metediço, cumprimentou-me, retribuí a saudação, no pátio estavam estacionadas cinco viaturas, o automóvel da Gyu-ri encontrava-se no mesmo sítio, ao passar pelo rés do chão ouvi vozes e gargalhadas, subi as escadas até ao primeiro andar, descalcei-me e entrei de imediato no meu apartamento, pousei o saquinho com o teste de gravidez na mesa, atirei a mochila para o chão, abri a torneira do lavatório, bebi uma golfada de água, verifiquei a caixa de entrada do e-mail no telemóvel, a Beatriz confirmara a hora de encontro, apareceria no cruzamento, com a mala, daí a duas horas e meia, liguei o computador, organizei os papéis espalhados na mesa, amontoei-os, coloquei a brochura do Parque Nacional de Seoraksan no topo da pilha de papéis, fui até ao quarto, despi-me, pus a roupa suja num saco, bebi mais alguma água da torneira, tinha fome, mas não apetite, entrei no quarto de banho, calcei os meus chinelos de plástico, abri a torneira do chuveiro, puxei a mangueirinha, tentei não encharcar o quarto de banho, comecei a lavar-me, ensaboei-me, passei o champô pelo cabelo, então, ouvi baterem à porta, esfreguei mais um pouco o corpo, bateram de novo à porta, não a trancara, disse «já vou», não fechei de imediato a torneira, o champô estava-me ainda colado ao cabelo, deixei a água correr, bateram uma terceira vez à porta, ignorei as pancadas, ouvi a porta abrir-se, soltei uma imprecação em português, insultei o idiota que entrara no meu apartamento sem autorização, fechei a torneira, a porta do quarto de banho abriu-se e deparei-me com a Gyu-ri. Ela acometeu sobre o quarto de banho, agarrei numa toalha e atei-a à cintura.

— Então entra por aqui sem esperar que eu dê permissão? — perguntei.

— Pensei que se tinha sentido mal. Ouvi a água a correr. Podia ter desmaiado.

— Podia, claro.

Desatei o nó da toalha, enxaguei-me, a Gyu-ri observou-me.

— Mas que veio cá fazer? — inquiri.

— Vi-o passar lá em baixo. Como estou na minha pausa de almoço, saí para fumar um cigarro e resolvi visitá-lo. Para passar o tempo.

— Faz todo o sentido, todo o sentido. Pelo menos fechou a porta dc cntrada?

— Esqueci-me.

Ela saiu do quarto de banho, ouviu-se a porta do apartamento fechar-se, caminhei até ao quarto, a Gyu-ri reapareceu, comecei a vestir-me, ela sentou-se na cama.

— Este colchão é mesmo bom — disse ela.

— Pode usá-lo à vontade e dormir cá algumas noites, parto amanhã de manhã para Gyeongju — disse eu.

— Sim, sim, ainda não me esqueci. Obrigado, mas talvez não precise de dormir cá.

— Encontrou um hotel ou outro sítio onde ficar?

— Vou ficar em casa.

— Em casa? Já não tem medo do seu marido, Gyu-ri?

— O detetive Mun diz que lhe vai dar um aperto. Sabe, eu contei-lhe tudo, ele chegou aqui cedo, só cá estava eu, viu-me tão aflita, perguntou-me o que se passava. Contei-lhe tudo, tudo.

— Tudo? Caramba, não me diga que também contou…

— O quê?

— Aquilo.

— Aquilo o quê?

— Aquilo de ontem. E de hoje, sim, também de hoje.

— Aqui?

— Sim, aqui… e ali! — disse eu.

— Ah, não, não, não contei, Rodrigo, claro que não contei. É que não contei mesmo — disse ela.

Esfreguei o cabelo molhado com a toalha, atirei a toalha para a cama, sentei-me ao lado da Gyu-ri, ela sacudiu o cabelo, sorriu, cheirava a baunilha.

— Perfumou-se, Gyu-ri?

— Sim, pus um pouco de perfume. Gosta?

— Gosto. Tem um frasquinho no escritório?

— Sim — ela pestanejou, pousou uma mão na minha perna.

— Desculpe, interrompi-a. Estava a falar do detetive Mun.

— Sim, sim, o detetive Mun ainda está lá em baixo, sabia? O detetive Mun está a tomar um café, se calhar já acabou de beber o café e está novamente na secretaria. Está a investigar o desaparecimento.

— Sim, ele investiga muito. Tem novidades do caso? — perguntei.

— Ele diz que estão no bom caminho.

— Certamente. Não esperava outra coisa.

— Não?

— Não, não esperava.

A Gyu-ri arrastou a mão sobre a minha perna, contraí-me, tentei esquivar-me ao seu toque, depois não me esquivei, ela virou o pescoço, olhou pela janela.

— O detetive Mun esteve a investigar a residência a fundo, deve ter resultados em breve — disse ela.

— Sim, está no caminho certo.

— Pois está. E vai ajudar-me com o meu marido. Foi muito simpático comigo.

As minhas conclusões anteriores estavam corretas, as pessoas na Coreia do Sul eram simpaticíssimas. Ela prosseguiu.

— Disse-me até que posso ficar em casa dele alguns dias, se não me sentir segura — acrescentou.

Então era isso. Simpático, o Mun, sem dúvida.

— Confiou nele, portanto — disse eu.

— Um pouco.

— Pensava que não confiava em sul-coreanos.

— O detetive Mun é filho de mãe chinesa. Posso confiar um pouco — disse ela. — Um pouco. Isto, assim.

Afastou o indicador do polegar cerca de cinco centímetros, ela podia confiar cinco centímetros no detetive. Estupendo. Fazia-se tarde, levantei-me de repente, a Gyu-ri sobressaltou-se, soltou um gritinho, eu disse-lhe que estava atrasado, tinha muito que fazer, como, por exemplo, escrever e preparar a mala para a viagem a Gyeongju, trazer a mala grande da Beatriz para o meu apartamento, escrever mais.

— Gyeongju é uma cidade agradável. E tem templos bonitos em volta. Gyeongju foi capital do reino de Silla, sabia? — disse ela.

— Estou ao corrente — retorqui.

Fui até à sala, dei uma vista de olhos ao frigorífico, ela seguiu-me, pegou na brochura de Seoraksan.

— Mas o Parque de Seoraksan também é muito bonito. As montanhas, o verde, a água a correr, os esquilos. Já decidiu se vai? — perguntou.

— Ainda não decidi. Talvez vá — encolhi os ombros.

— Vou anotar o seu nome.

— Anote também o da Beatriz.

— Claro.

Continuei a vasculhar o frigorífico.

— O Rodrigo disse-me, ontem à noite… — ela hesitou.

— Sim?

— Que as coisas com a sua namorada não correm bem.

— Sim.

— É verdade que às vezes são quase como amigos ou primos?

— Como primos? Não tenho primos, não posso saber.

— Pois, mas foi o que o Rodrigo me disse.

— Eu disse isso? Bem, talvez. Deve ter sido metafórico, apenas metafórico.

— Claro — ela hesitou de novo. — Mas nem sempre se dão bem, não é assim?

— Sim, nem sempre.

Ela calou-se.

Tirei as pequenas couves, os cubos de abóbora e um naco de tofu do frigorífico, um pacote de massa da gaveta, juntei tudo num saco de pano e penteei-me diante do espelho do quarto de banho, preparei-me para descer, a Gyu-ri permaneceu calada na sala.

— Como correu a saída com o Sr. Kim? Foi-lhe útil? — perguntou.

— Correu muito bem, foi uma experiência esplendorosa. E útil, sim, utilíssima — disse eu.

— Ainda não confirmei ao detetive Mun que vou ficar mesmo em minha casa — disse ela; suspirou. — Será que posso dormir aqui só por hoje? Prometo que não lhe atrapalho a escrita.

— Não me parece boa ideia — disse eu, e de facto não me parecia boa ideia: deitar-me-ia cedo, trabalharia arduamente.

— Está bem. Hmm, vou descer consigo, tenho de trabalhar.

— Faça o favor — segurei a porta aberta, cedi-lhe passagem, ela saiu... boas pernas... tranquei a porta, seguimos pelo corredor, detivemo-nos no átrio, calçámo-nos.

— Lembre-se de que pode guardar aqui malas, desde que as deixe no seu apartamento. Não nos responsabilizamos por elas. Mas não pode trazer a sua namorada cá para dentro: vai contra as normas da residência.

Garanti-lhe que estava ciente das normas, descemos até ao rés do chão, a Gyu-ri dirigiu-se à entrada principal, eu às escadas traseiras de acesso à lavandaria.

XI

Atirei um troço de couve mal cozido para o pequeno saco de lixo amarelo às escondidas. Espreitei sobre o ombro, a costa estava livre, livrei-me do naco de couve, depois lavei a loiça, alguém deu uma gargalhada no corredor, sequei as mãos a um pano, reuni os alimentos não utilizados, pu-los no saco de pano, sacudi a embalagem de tofu vazia no lava-loiça, peguei na embalagem de tofu e no saco de pano, dirigi-me à lavandaria, o detetive Mun surgiu na sala de conferências quando por lá passei, interpelou-me, imobilizei-me.

— Como está, Sr. Oliveira? — perguntou.

— Ótimo.

— E o seu trabalho?

— Não podia correr melhor.

— Muito bem, excelente.

O detetive Mun acercou-se de mim, deu-me um aperto de mão, tinha folhas e erva coladas às calças e aos sapatos, uma mancha verde no casaco seboso, uma pragana no cabelo, a primavera apresentava-se em toda a sua pujança naquele homem, uma beleza.

— Encontraram a Rute Gorigoitia na floresta, então? — perguntei.

— Como assim? — disse ele.

Apontei para as suas calças, ele curvou-se, sacudiu-as com uma mão, algumas folhas caíram ao chão, resmungou, endireitou-se.

— Não, não encontrámos a Rute Gorigoitia numa floresta. Só estive a inspecionar os jardins da residência.

— Compreendo. Não foi numa floresta que a encontraram, foi na berma de uma estrada. Ou parte do seu corpo mutilado nos jardins da residência.

— Não, nada disso, simplesmente não encontrámos a Rute Gorigoitia! — disse ele.

Admitia, por conseguinte, a sua incompetência. Pois era então aquele o homem dileto da Gyu-ri, um sujeito incompetente e mais baixo do que eu. Pus-me ao seu lado: era cerca de dez centímetros mais baixo do que eu.

— Há algum problema? — inquiriu.

— Não, nenhum, está tudo perfeito.

A minha supervisora entrou na sala de conferências, levava uma caneca na mão, disse algo em coreano ao detetive Mun, riram-se os dois à gargalhada, estariam a troçar de mim?, da minha cara?, do meu cabelo húmido?, da minha indumentária?, da minha barba?, ou, pior, do saco de pano e da embalagem de tofu!?, quem se julgavam eles?, um sujeito rançoso e uma mulher que, enfim, cheirava bem, mas que estava longe de ser uma deusa, e, ademais, eram os dois profissionalmente incompetentes, ele investigava sem descobrir nada, ela não supervisionava, somente saltitava pela residência... saltitava apenas em roupa interior na assim chamada Casa Lótus, aqueles mentecaptos atreviam-se a zombar de mim?, a desfaçatez, o desrespeito, era esse o grande problema da minha vida, sem dúvida, todos me desrespeitavam, os meus editores, a Gyu-ri, os porteiros, o detetive Mun, a minha mãe, o meu pai, todo um rol de desrespeitadores, os meus pares, essa corja, os meus colegas de escola, colegas de trabalho, uma cáfila de imbecis desrespeitadores, só uma pessoa me respeitava, a Beatriz, era a única capaz de fazer algo por mim, no sentido em que se é capaz de fazer algo por alguém, porque a generalidade das pessoas, incluindo as assim designadas amigas, é incapaz de fazer a mais pequena coisa por outrem, ou de fazer a mais pequena coisa por outrem sem ter como intuito aproveitar-se de outrem, essa é que é a verdade, desvirtuando-se assim o sentido de *fazer algo por alguém*, já a Beatriz era capaz de fazer algo por outrem, abandonara um bom emprego para me acompanhar pela Europa, era capaz de percorrer quilómetros a pé ou de transportes para me visitar, lavava-me a roupa — se necessário —, planeava tudo, tinha-me afeto, interessava-se pelo meu trabalho, de facto, era inclusive a única pessoa que se interessava genuinamente pelo meu trabalho, sim, a única, porque havia quem se interessasse *um pouco* pelo meu trabalho, e quem se interessasse bastante pelo meu trabalho num *curto período*, para logo depois me esquecer por completo, a generalidade, todavia, não se interessava de todo pelo meu trabalho, umas poucas pessoas fingiam interessar-se pelo meu trabalho, sobretudo pela minha escrita, não obstante, interessavam-se apenas por mim enquanto indivíduo, essas pessoas tinham um interesse amoroso, sexual ou parasitário por mim e fingiam-se interessadas pelo meu trabalho, e esse pretenso interesse, já de si superficial e falso, desaparecia por inteiro assim que essas referidas pessoas obtinham ou não obtinham o que pretendiam, ou seja, no fundo, também elas não me respeitavam, nem a mim nem ao meu trabalho, por exemplo, quando me pediam para falar em bibliotecas ou escolas ou anfiteatros municipais, esqueciam-se de me reembolsar as deslocações, eu chegava ao local e ninguém lera os meus livros, desejavam apenas fazer-me perguntas acerca de países estrangeiros e das minhas experiências *enquanto emigrante*, perguntavam-me amiúde se valia a pena, se ser emigrante *valia a pena,* com o diabo, que saíssem do país... todos... nessas sessões públicas raras vezes tinham os meus livros à venda, via-me assim obrigado e transportar alguns exemplares das minhas obras na bagageira do carro, e, finda a sessão, enquanto todos se abraçavam e combinavam onde jantar, eu abria a mala do carro e sussurrava, psst, tenho aqui bom produto...

para venda... com desconto, a Beatriz acompanhava-me, fazia os trocos, depois afirmava que o país não me compreendia, eu também anunciava que o país não me compreendia, ela concordava comigo e dizia que o país não me compreendia, a dita minha pátria e os sujeitos que residiam na dita minha pátria não me compreendiam e, acima de tudo, não me mereciam, assim era, ela guardava o dinheiro das vendas e entregava-mo em casa, vendíamos um, dois livros com esforço, só ela me respeitava, conquanto eu não a respeitasse, eu e as minhas infidelidades, traições vis, eu, um egocêntrico com problemas de autoestima, a ela também não a respeitavam nem respeitam, nem sequer eu, o seu companheiro, nem o seu filho, esse pequenote querido que, com efeito, já aprendeu a lição, conhece a vida, a existência humana é um rol de pulhices, não a respeita de modo nenhum, impede-a de dormir, agride-a com brinquedos, a Gyu-ri e o detetive Mun trocaram mais algumas palavras em coreano, ela riu-se, fui até à lavandaria, calcei-me, subi as escadas, dirigi-me às traseiras da Casa Grou, pus a embalagem de plástico do tofu no contentor da reciclagem, dobrei a esquina do edifício, acerquei-me da porta principal, olhei para trás, entre mim e a designada Casa Lótus erguiam-se os arbustos, as canas de bambu, observei a fachada da Casa Grou e as árvores em redor, não havia câmaras de vigilância, virei-me para a fechadura eletrónica da porta principal, introduzi o código 115#, a porta abriu-se acompanhada pelo habitual sinal azul e pelo curto som musical comuns a todas as portas exteriores da residência, estava escuro no átrio, a pouca luz provinha de uma janela no corredor, fechei a porta, encontrei as escadas, subi-as e, uma vez no corredor, procurei o apartamento da escritora espanhola, segui a numeração das portas e depressa o encontrei, a porta 3 estava fechada, não deixei de experimentar o puxador, premi-o, a porta abriu-se, não me enganara, às vezes, gostava de me enganar, contudo, sendo eu um pessimista, tal era-me difícil, porquanto tinha habitualmente razão, a incompetência tende a revelar-se em todos os pormenores, não há como lhe escapar, a porta do apartamento continuava aberta, ninguém a trancara, havia areia espalhada pelo soalho, deambulei pelo apartamento, os estores estavam abertos, o apartamento era maior do que o meu e estava equipado com uma cozinha, na designada Casa Lótus, onde eu estava alojado, tinha obviamente de partilhar a cozinha, mas tal não acontecia na assim chamada Casa Grou, a escritora espanhola tinha à sua disposição uma cozinha privada, uma divisão com todos os apetrechos necessários, entre eles uma varinha mágica… dava que pensar… vasculhei a secretária e as suas gavetas, oh, também tinha gavetas na secretária, várias gavetas, a secretária estava voltada para norte, como convinha, aquilo sim, era viver e escrever com todas as condições, remexi a papelada, havia restos de algas entre as folhas. Por fim, deparei, na última gaveta, com um maço de folhas impressas e numeradas, escritas em castelhano e presas com um elástico. O maço não tinha folha de rosto nem título, porém, era certamente aquele o romance da Rute Gorogoitia, a sua obra-prima. Enfiei o maço de folhas no meu saco de pano, guardei-o junto à massa e restos de abóbora.

Bebi um pouco de água na torneira da cozinha, encostei a porta do apartamento, desci até ao rés do chão, abri a porta principal com cuidado, espreitei para o exterior, não se via ninguém por ali, saí, caminhei com toda a calma até à Casa Lótus, contornei os arbustos, no pátio de acesso à residência o cãozinho latiu e abanou a cauda, subi as escadas exteriores rumo ao primeiro andar.

Uma vez no meu apartamento, pousei o saco de pano na mesa, peguei no telemóvel. Recebera uma mensagem dos meus editores, *Rodrigo, madruguei de propósito para falar contigo. Quando posso telefonar? Há muita pressão.* Muita pressão! Então a pressão continuava a aumentar. Já dissera e repetira àqueles dois, tanto ao editor-chefe quanto ao assistente editorial, que eu também pagava uma taxa pela receção de mensagens escritas, pagava-a não só por efetuar ou receber chamadas, mas também por enviar ou receber mensagens, bufei, depois guardei o telemóvel num bolso das calças. Olhei pela janela, o cãozinho ainda abanava a cauda, o Sr. Kim transpôs o portão nesse instante, trazia a sua mala de couro na mão, acenou ao porteiro, ignorou o cão, um dos carros começou a descer, lentamente, o pátio, rumo ao portão, o detetive Mun seguia ao volante, o carro estava todo enlameado, o Kim subiu as escadas exteriores do nosso edifício, ouvi-o abrir e fechar a porta, o cãozinho latiu e abanou a cauda ao ver passar o carro do Mun.

Pus o teste de gravidez na mochila, enchi a garrafa vazia que nela tinha guardado com água da torneira, corri o fecho da mochila, pu-la às costas, saí, calcei-me, fui até à portaria, o porteiro saiu, interpelei-o, perguntei-lhe se podia levar o cão a passear, ele não me entendeu à primeira, o cãozinho deitou-se de barriga para cima, expliquei de novo ao porteiro qual a minha intenção, ele percebeu, pensou em silêncio, entrou na portaria, saiu com uma trela verde e velha, mais parecia uma corda, entregou-ma e soltou o cão.

XII

Embora tivesse patas curtas, o cãozinho subiu lestamente as escadas do morro, esforcei-me para o acompanhar e lhe dar o máximo de trela possível, decerto não saía à rua há anos, os cotovelos tinha-os repletos de calos e ao início parecia nem saber como pousar as patas no chão de forma a locomover-se, no entanto, caminhava e corria, tal qual o Sr. Kim, ambos lutavam contras as adversidades, eram heróis, verdadeiros heróis. Parámos para descansar no alto do morro, contemplei a cidade abaixo de nós, o cão arfou com a língua de fora, o encontro com a Beatriz só estava marcado para daí a meia hora, resolvera esperá-la ali, à porta do seu alojamento, assim ajudá-la-ia a carregar a mala grande e pesada, com uma roda partida, pelas escadas e ruas. O cão sentou-se, continuou a arfar, sentei-me num degrau de cimento, ele deitou-se de barriga para cima ao meu lado, afaguei-o. Um outro cão de pequeno porte saiu de uma das casas da vereda e aproximou-se, latiu ao cãozinho da residência, que ergueu a cabeça, o cão recém-chegado logo começou a recuar, deu passos às arrecuas e ladrou, desapareceu atrás do muro da sua casa, o cão da residência ignorou-o e espolinhou-se no chão, encostou-se à minha perna. As escadas de cimento do morro estavam protegidas pela sombra das árvores que a ladeavam, senti uma certa frescura, apoiei o queixo na mão e dormitei.

Senti um dedo tocar-me ao de leve no ombro: a Beatriz estava, de pé, atrás de mim. O cãozinho sentou-se, abanou a cauda, tentou saltar, não conseguiu, estava muito exaltado e, sem sair do mesmo lugar, deu voltas e mais voltas, levantei-me, sacudi as calças, o cão parou, a Beatriz fez-lhe festas na cabeça.

— Oh, trouxeste o cão. Pediste-lhes para o trazer à rua? — perguntou.

— Sim, pedi ao porteiro, e ele deu-me logo uma trela para a mão. Nem me disse nada.

— Até admira que o tenham deixado sair.

— Pois é, este desgraçado já não devia sair há anos. Olha para esta coleira. Há anos!

— Realmente — disse ela. — Está toda roída.

— Isto não é uma coleira, isto é um artefacto, arqueologia pura. Estão a nadar em dinheiro e não compram uma coleira. O cão come os restos dos porteiros. Cabeças de galinha. E unhas.

— Enfim.

— Para que querem eles o dinheiro? Para encher a pança de bolos? Abre-se o frigorífico grande da cozinha e só se vê pastéis cheios de creme e manteiga, é só gordura e açúcar. Escorrem pelas prateleiras.

— Que horror!

— Estes calhordas andam a sugar o Estado, não fazem nada o dia inteiro, eu bem os vejo na galhofa, ninguém quer saber de nada, nem sabem ler. E a Gyu-ri, aquela imbecil e incompetente, não supervisiona nada, está-se nas tintas, agora só anda aflita porque vem aí uma comissão qualquer e não sabem onde está a espanhola.

— Ainda não sabem de nada? — perguntou.

— Não sabem nada porque são uns idiotas, a espanhola deve ter apanhado uma bebedeira e está por aí estendida.

A Beatriz anuiu com a cabeça, a minha análise era profunda e inatacável, a minha namorada não teria como refutar as minhas observações, eu limitava-me a constatar factos no sentido mais objetivo do termo, não se tratava da experiência subjetiva da pós-modernidade literária, pois eu tão-só relatava acontecimentos e episódios *verídicos*, não havia ali nenhuma interferência da psique ou de miasmas cósmicos e místicos.

— E a Gyu-ri é uma javarda, deixa as cuecas espalhadas pela residência. Até em cima da mesa da cozinha — disse eu.

— O quê!? As cuecas? Ui, mas isso é uma vergonha.

— Podes crer que é, ela conspurca a imagem da Coreia do Sul.

— Sim, é terrível — disse a Beatriz. — Mas como é que sabes que são dela?

— Oh, então, porque a vi a apanhá-las. E tinha cara de culpada.

— Hmm, pois... — retorquiu ela. — Podes ajudar-me com a mala?

Ela descera as escadas do edifício, deixara a sua mala grande no patamar defronte da porta principal, pedi-lhe que pegasse na trela do cão, subi as escadas, perguntei-lhe se devia fechar a porta da casa, ela disse que sim, puxei a porta, esta fechou-se com um baque, peguei na mala grande com as duas mãos, desci, com lentidão, os degraus até à vereda, o cão pequeno que anteriormente se aproximara do cão da residência surgiu de detrás do muro e ladrou à mala, enervou-se, rosnou e uivou, a Beatriz afastou-se com o cãozinho da residência pela trela, pedi ao cão exaltado que se calasse, iniciámos a descida, eu com a mala e a Beatriz com o cão da residência pela trela, ela insistiu para me ajudar a levar a mala, ela suportaria metade do peso, eu a outra metade... nada feito... as pessoas poderiam ver-nos nesse estado, como ficaria a minha reputação?, nada de machismo, mas convém manter um pouco de decoro, cavalheirismo, respeito. Descemos devagar, com cuidado para não cair, o cão acompanhou-nos, paciente.

— Tenho o teste de gravidez na mochila — disse eu.

— Está bem, vemos isso depois. Não fales agora, só te cansas.

Sempre tão atenciosa. Senti uma pontada no peito e tive vontade de chorar, calei-me, suspirei. Eu era o maior dos calhordas, um macaco descontrolado, um tarado sexual, e ainda por cima incompetente, suspirei de novo.

— O que se passa? Estás melancólico? — perguntou ela.

— Sim.

— Por causa da escrita?

— Sim.

— Ainda tens tempo, também podes escrever quando estivermos em Gyeongju.

Ela preocupava-se comigo. Senti uma dor lancinante no peito e quase caí pelas escadas abaixo, agarrei-me a tempo ao corrimão metálico fixo no muro que corria ao lado das árvores, ela inquietou-se, sustive-me, garanti-lhe que estava tudo bem, apenas tropeçara, prosseguimos, o cãozinho também. Ela asseverou-me que o meu bloqueio de escrita iria acabar, bastava-me não pensar demasiado no assunto, quando pensava na escrita é que as coisas corriam mal, eu não podia, de maneira nenhuma, pensar na escrita, muito menos nas outras pessoas, no que os outros haviam de pensar acerca do que eu escrevera, ao pensar no que os outros pensariam sobre o que eu escrevera é que eu me desgraçava e não avançava na escrita, e, se avançava, era sob esforço e constrangido, assim, o livro sairia forçado e *desonesto*, foi esse o termo que utilizou, ora, isso é que eu não podia admitir, preferiria seguir outro percurso, porque escrever livros cuja aura de desonestidade fosse demasiado óbvia era, para mim, abominável, preferiria dedicar-me, de novo, a atividades físicas, àquilo a que se chama o *verdadeiro trabalho*, como pintar paredes, e decidi relatar à Beatriz a minha deambulação com o Sr. Kim e a ida à igreja do pastor John, o irmão do Evan, onde fora para descansar os pés, e onde o Lennert me contara alguns dos seus problemas, no passado, com a burocracia alemã, um caso sórdido, eu anotara tudo nos guardanapos, perguntei-lhe pelo meu caderno, ela tinha-o na malinha, sugeri-lhe visitarmos, após o nosso regresso a Seul, a igreja do John, eu podia pintar paredes, ela também, ou melhor, eu podia pintar paredes, ela talvez pudesse apenas ver-me a pintar paredes, se estivesse grávida seria preferível não o fazer, não só por conta de incidentes, como quedas, mas também por causa dos vapores tóxicos das tintas. Eu sentia saudades de um bom trabalho físico, essa é que era a verdade, de trabalhar numa cozinha ou num armazém e de terminar o trabalho sempre à mesma hora, de chegar a casa com o corpo moído, comer, distrair-me um pouco e dormir, nada como massacrar o corpo para aliviar a tensão criativa, nessas circunstâncias não há criação e, portanto, não se sofre de tensão criativa, não há pressão. Claro que se atura, nas designadas ocupações físicas, todo o género de escroques e sanguessugas, conquanto não se encontre, no assim designado trabalho verdadeiro, nestas ocupações físicas ou práticas, uma escumalha como a dos escritores, há também aí todo o tipo de sacanas, como, de resto, sucede em todas as atividades que impliquem uma interação social. As atividades em sociedade são tenebrosas, enquanto escritor temia os eventos públicos, nunca sabia quando alguém me poderia dar uma facada ou atirar ácido à cara. O ideal seria não fazer nada todo o dia, porém, moer o corpo tinha as suas vantagens, entre elas a exaustão e o desenvolvimento de alguns laços de cooperação entre colegas, embora muitos destes colegas fossem, com efeito, pulhas da pior espécie, se bem que não tão pulhas quanto os colegas da escrita. No fundo, eu não desejava, com toda a sinceridade, escrever nada e muito menos trabalhar, mas, tendo de trabalhar, preferiria dedicar-me a atividades manuais. A Beatriz mostrou-se receosa perante a minha revelação, a minha confissão apoquentou-a deveras, segundo ela, eu não tinha o perfil indicado para esses trabalhos, o meu perfil era outro que não o de quem trabalha em cozinhas e armazéns, afiançou-me, porque os objetos escapuliam-se-me das mãos, em meu redor caíam paletes — paletes com toneladas de carga, todo o cuidado era pouco. Chegámos à rua, descansei por um minuto, suava abundantemente, o cãozinho fitou-me e abanou a cauda, tentei arrastar a mala da Beatriz pelo asfalto, consegui-o com esforço, e quando passámos por um supermercado, estaquei.

— Tens os teus produtos de higiene na casa? — perguntei.

— Sim, ainda tenho lá alguma roupa e os produtos de higiene — respondeu.

— E comida, tens comida?

— Sim, alguma, chega até amanhã, não convém encher a mala com comida, pode estragar-se no autocarro.

— Pois é — disse eu. — Temos de ir mais cedo para comprar os bilhetes.

— Sim.

— Então não é preciso comprar mais nada?

— Não.

— Mas este cão não deve comer nada decente há anos. Vou comprar-lhe uma lata de comida — disse eu. Não esperei que ela me respondesse, deixei a mala grande ao seu lado, o cão agitou-se, levantou-se sobre duas patas e sentou-se de imediato, permaneceu ao lado da Beatriz, entrei no supermercado, procurei a secção de comida para animais, concentrei-me nas fotografias de cães e gatos nas latas e sacos, peguei numa lata com um desenho de um cão, escolhi também alguns sumos, fui para a caixa, paguei, regressei ao exterior, a Beatriz olhava para o asfalto da rua, o cãozinho coçava-se e logo me fitou, durante alguns segundos tudo aquilo me doeu, a Beatriz e o cão e eles ali e eu diante da porta do supermercado e a imagem cravou-se-me na memória, amiúde fecho os olhos e recordo a Beatriz a olhar para o chão e o cão a coçar-se, a mala grande com uma roda partida ao seu lado, o cão demasiado pequeno comparado com a dita mala, a Beatriz a fitar o chão, abstraída, nada me confrange mais do que me lembrar daquela mulher e daquele cão ali parados, à minha espera, só eles me respeitavam, é essa a imagem que mais me coíbe e, em certa medida, me entristece, acresce-lhe a imagem do meu filho a chorar numa ocasião em específico, ele tinha poucos meses de vida e não conseguia adormecer, ele teve sempre dificuldade em adormecer, diga-se, naquela ocasião não havia maneira de o adormecer, nestas situações, o ideal é parar e respirar um pouco, ninguém deseja cair ou embater numa parede, por exaustão, certos pais ou cuidadores insistem demasiado, ultrapassam os seus limites e, com efeito, destroem a sua saúde, esses pais e cuidadores preferem persistir para lá dos seus limites e, com isto, acabam por se matar. Nessa ocasião tivemos de o pousar um pouco na cama e ele chorou, gritou tanto que, a meio do pranto, de olhos fechados, o seu choro se tornou silencioso, a imagem que recordo é a da sua cabeça congestionada, vermelha, os olhos fechados e uma boca aberta a contorcer-se sem emitir nenhum som, e o bebé, o cão e a Beatriz formam, em conjunto, as imagens mais confrangedoras e penosas da minha vida. Acerquei-me da Beatriz e do cão.

— Já aqui o tenho. Está aqui! — gritei. O cão ergueu-se sobre as patas traseiras, saltitou, baixei-me e mostrei-lhe a lata. — Gostas, não gostas?

Depois, exibi os pacotes de sumo à Beatriz.

— São para a viagem de amanhã — disse-lhe.

Guardei-os na mochila, de onde tirei o saquinho da farmácia com o teste de gravidez, perguntei-lhe se queria pô-lo na sua malinha, ela preferiu que eu o mantivesse na mochila e só lho entregasse no dia seguinte, a fim de o usar em Gyeongju, aí, estaríamos juntos no mesmo alojamento, no mesmo quarto de hospedaria, um alojamento com quarto de banho privado, cozinha comum, teríamos acesso à cozinha, que usaríamos somente uma vez, ali, diante de um supermercado em Seul, ainda não o sabíamos, contudo, à cozinha da hospedaria onde nos alojaríamos, a partir do dia seguinte e por quatro noites, só a usaríamos no primeiro dia, ao jantar, não mais ousaríamos lá entrar, porquanto era demasiado suja, a cozinha daquela hospedaria em Gyeongju era uma divisão sobremaneira rançosa e fétida, na qual se instalara uma fartura de gorduras e sebos de todo o género, um genuíno perigo para a saúde pública, não leio jornais sul-coreanos, todavia, se os lesse, esperaria encontrar, todos os dias e para bem de todos, uma notícia sobre o encerramento daquela hospedaria em Gyeongju, não só por conta da sua cozinha, mas sobretudo por causa dela, a hospedaria era por de mais sebosa em geral, no entanto, o auge da sua sujidade tinha-a ela na cozinha, situada na cave, a própria escada de acesso à cave, vulgo cozinha, era já em si um indicador do que os hóspedes aí poderiam encontrar, nesse primeiro e único jantar aí confecionado, a Beatriz preparou panquecas coreanas, comemo-las, guardámos as sobras num recipiente e jamais regressámos àquele antro de conspurcação. Guardei os pacotes de sumo e a lata de comida de cão na mochila, seguimos caminho, ela deu-me a mão, com a outra segurou na trela, eu empurrei e arrastei a mala, chegámos à residência, ela parou diante do portão aberto, estava-se em horário de expediente na secretaria e ainda dentro do horário de abertura do espaço ao público, ela imobilizou-se, dei-lhe um ligeiro puxão.

— Se quiseres, fico aqui com o cão enquanto levas a mala para dentro — disse ela.

— Não, vamos entrar os dois — retorqui.

— Queres levar a mala e o cão ao mesmo tempo? Não te vais atrapalhar?

— Não é preciso, entramos os dois juntos. Podes vir ao jardim, o jardim está aberto ao público — disse eu.

— Não arranjes problemas por minha causa — disse a Beatriz.

— Nada de problemas, isto não é contra as regras da residência, é perfeitamente normal.

Impeli-a a transpor o portão, um gigantesco helicóptero militar sobrevoou-nos, o cãozinho assustou-se com o ruído dos rotores, o porteiro assomou à janela da sua casinha para ver o que se passava, avistou-nos e saiu, eu prossegui acompanhado pela Beatriz e pelo cão, alguns metros adiante levantei a mala no ar para, no fim do pátio, subir as escadas, além disso, queria demonstrar quão leve era a mala, não transportava no seu interior nenhuma pessoa, nenhuma namorada, nada de ilegal, o porteiro surgiu no nosso encalço e perguntou, com o seu parco inglês, se eu queria ajuda para carregar a mala, icei a mala, e sustive-a acima do ombro com uma só mão. Lesionei-me para o resto da vida, mas valeu a pena, ele anuiu e afastou-se, deu dois ou três passos em direção à portaria, voltou atrás, disse que ia levar o cão com ele, eu retorqui que ainda não acabara de o passear, não o iria soltar da trela, o porteiro encolheu os ombros, foi-se embora, pegou numa vassoura e fingiu varrer o pátio, limpar os espaços entre os carros ali estacionados, o sacripanta espiava-nos, subi as escadas até ao primeiro andar da chamada Casa Lótus, a Beatriz esperou por mim nas escadas, deixei a mala no meu apartamento, verifiquei se a porta estava trancada, não me descalçara à entrada, regressei sem tirar a mochila das costas. A Beatriz e o cão aguardavam por mim, caminhámos até ao anfiteatro ao ar livre, parei junto ao dispensador de água, enchi um copo de plástico, bebi a água, enchi-o de novo, dei-o à Beatriz, enchi-o uma terceira vez, pousei-o no chão, o cão também bebeu água, atirei o copo para o caixote do lixo, prosseguimos até um banco de madeira à sombra de algumas árvores situadas acima da biblioteca, pousei a mochila no chão, o cão aproximou-se dela com o intuito de a cheirar, corri o fecho da mochila, tirei a lata de comida de cão, abri-a, saquei da caneta, enfiei-a na lata, remexi o paté, dei a lata ao cão, ele começou a comer. Quando chegou a meio da lata, sentiu dificuldades para abocanhar a comida, peguei na lata, enfiei a caneta no paté e tratei de o extrair para um dos guardanapos que tirara de dentro da mochila, esvaziei a lata, o cão recomeçou a comer.

— Escreveste no guardanapo? — perguntou a Beatriz ao curvar-se para fitar o guardanapo sujo. — Em inglês?

— Sim, em vários guardanapos. Falei-te disso há pouco, é a história do tal Lennert, o alemão.

— Ah, sim, essa.

— Queres lê-la? — perguntei.

— Em inglês?

— Sim.

— Está bem.

Peguei nos restantes guardanapos, ela leu a história, guardanapo após guardanapo, não lhe fez comentários, eu não lhos pedi, a história não era minha, eram frases soltas, episódios desconexos, extravagâncias inúteis, o importante era comer e dormir, como sempre, sempre fora e sempre seria assim. O cãozinho não perdera tempo a ler a história, comera em cima dela, podia dizer-se que, com efeito, colocara a comida *acima* da leitura, e assim agira corretamente. Guardei os guardanapos limpos na mochila, esfreguei a caneta na erva junto ao banco, ao guardanapo sujo e à lata vazia atirei-os eu para o caixote do lixo, o cãozinho deitou-se, lambeu os beiços.

— Já estive a pesquisar o parque de Seoraksan — disse a Beatriz.

— E então? — perguntei.

— É bonito. Tem trilhos entre a floresta e as montanhas. Há lá muitos esquilos.

— Ah, ainda bem. Esquilos, hã? Hmm. Estou à espera de que a Gyu-ri me diga as datas.

— Já confirmaste que vamos?

— Sim, sim. Esquilos, dizes tu? Muitos?

— Sim. Seria bom saber quando é a excursão.

— Claro.

— Seoraksan parece ser muito bonito — disse ela.

— Sim, talvez. Queres que vá buscar a brochura? — perguntei. — Bem, nunca é como aparece na brochura, nunca.

— Não é preciso, já vi fotografias. Acho que vais gostar.

— Talvez. Só não gosto da companhia. Não, disso é que não gosto nada. Um bando de pervertidos. E possíveis assassinos. Algum deles pode ter assassinado a espanhola.

— Não tinhas dito que ela só está estendida num sítio qualquer por ter apanhado uma bebedeira?

— Disse, sim, deve estar algures perdida de bêbada, mas também pode estar morta, e disso é que não podemos ter a certeza — retorqui. — É esse o sentido trágico da vida.

— Pois é.

— De qualquer maneira, são todos uns perversos e uns tarados, digo-te eu, sobretudo a Gyu-ri, essa incompetente.

Nesse instante, apareceu o porteiro, trazia consigo uma mangueira e um balde com água... salpicara as calças... Por fim, regava as plantas, e num momento conveniente, porque aquela era a melhor hora para se regar arbustos secos, todos sabem que se deve regar as plantas com o Sol bem alto no céu e a terra quentíssima. O cão continuou deitado e nós, conquanto falássemos em português, calámo-nos, pus a mochila às costas, levantámo-nos, o cão coçou-se e saltitou.

— Ainda é cedo. E que tal irmos à central de camionagem comprar os bilhetes? — sugeri.

A central de camionagem de onde partiam os autocarros com destino a Gyeongju distava muito de Yeonhui. A Beatriz aceitou a proposta, afinal, não havia nada que fazer, absolutamente nada, pusemo-nos a caminho, o porteiro virou a água do balde sobre uma planta ressequida, quase carbonizada pelo sol, a água espraiou-se pela terra, o cão latiu, e com razão, era um desperdício de água, de nossa parte não mais aguentámos tamanha aberração, prosseguimos e, chegados ao pátio, passou por nós um carro, um dos funcionários da residência seguia ao volante, ele acenou-me, retribuí-lhe a saudação.

— Podemos sair outra vez com o cão? — perguntou-me a Beatriz.

— Não sei — admiti.

Refletimos um momento. Depois, não refletimos mais, pois o porteiro desceu até ao pátio, esbracejou, segurava ainda na pega do balde com uma das mãos, salpicou-se de novo, o cão ladrou, o porteiro indicou-nos que era melhor deixarmos ali o cão, engasgou-se um pouco com o seu inglês, porém, sem dúvida que queria que deixássemos ali o cão, entregámos-lhe a trela, o cão abanou a cauda, a Beatriz afagou-lhe o pelo do pescoço, despedimo-nos do porteiro, transpusemos o portão, dirigimo-nos ao cruzamento da rua com a avenida.

Cerca de quinze metros após o portão, a Beatriz parou para apertar os atacadores das botas, encostei-me ao muro de uma casa na zona em que este descrevia uma curva em direção à porta, ela agachou-se. Passou por nós outro carro e pelas janelas abertas vi os seus três ocupantes, o pastor John seguia ao volante, o Lennert estava sentado no lugar do pendura e, no assento traseiro, com uma bata branca e um estetoscópio ao pescoço, encontrava-se o veterinário que me perseguira. Por sorte, não me avistaram, o carro seguiu em frente e entrou na residência, o cãozinho ladrou, o pastor John parou o carro, desligou o motor, o porteiro apareceu, não se antecipava nada de bom. A Beatriz acabou de apertar os atacadores, instei-a a avançar para que não se fizesse tarde, retomámos o percurso até à paragem, olhei para trás, o Lennert saía a custo do carro, o veterinário cirandava em volta do veículo com a transportadora em braços, dei a mão à Beatriz, estuguei o passo, ela acompanhou o meu ritmo, perguntou-me por que tinha eu tanta pressa. Disse-lhe que, quanto mais cedo chegássemos à central de camionagem, mais depressa poderíamos divertir-nos, ela queria visitar as muralhas de Seul, quiçá pudéssemos visitar as muralhas de Seul depois de comprarmos os bilhetes de autocarro, ela retorquiu que era já demasiado tarde para irmos às muralhas de Seul, para se visitar as muralhas de Seul é preferível sair-se de manhã ou à hora de almoço, as muralhas de Seul prolongam-se, aos altos e baixos, por quilómetros, quem as visita necessita de algum tempo livre para as visitar, as muralhas de Seul constituíam uma zona militar reservada onde exigiam ao visitante uma identificação válida, tal como o passaporte, eu tinha sempre o meu passaporte comigo, no bolso das calças, tirava-o quando despia as calças, pousava-o junto à carteira e guardava-o no bolso assim que vestia de novo as calças, junto à carteira não tinha como me esquecer dele, a Beatriz também tinha sempre o seu passaporte consigo, no entanto, era demasiado tarde para visitarmos as muralhas de Seul.

Chegámos à paragem. Eu estava inquieto, o veterinário poderia, com toda a facilidade, procurar-me nas imediações, cada minuto passado na paragem aumentava o risco de ser encontrado. O veterinário era tenaz, perseguia-me sem cessar, um indivíduo não tem descanso na cidade, é bem verdade, todos os que proclamam a superioridade da vida no campo sobre a vida na cidade estão certos, no campo podemos morrer com uma sacholada na cabeça ou um tiro de caçadeira por conta de disputas de terreno ou desavenças familiares, no entanto, é inegável a qualidade de vida de quem pode calcorrear florestas, campos e caminhos rurais sem encontrar sujeitos do calibre daquele veterinário, no fundo, a possibilidade de encontrar um vizinho que, com o seu trator, nos atropele num caminho rural e nos deixe moribundos e estendidos no lodo em nada se compara com a possibilidade aterradora de encontrar indivíduos tenazes e destemidos como aquele veterinário, porquanto o vizinho com o trator e a sachola e a caçadeira pode apenas mutilar-nos ou matar-nos, ao passo que o indivíduo tenaz, destemido e amiúde sem escrúpulos da cidade nos onera com as suas exigências e nos causa, assim, os maiores transtornos, o vizinho no espaço rural pode somente provocar-nos danos irreparáveis à saúde e à vida, mas não nos onera nem perturba com exigências, pois nada exige, e o indivíduo da cidade pode, com tenacidade e destreza e falta de escrúpulos suficientes, onerar-nos e causar as maiores perturbações à nossa vida, seja numa cidade pequena ou grande, portanto, como se provava, é possível metermo-nos em complicações em megalópoles como Seul, numa cidade jamais se está a salvo, no campo é possível não nos metermos em alhadas, ou talvez nos metamos em menos alhadas, tão-só porque há aí menos pessoas, ou mesmo nenhuma pessoa. Em suma, não consegui permanecer na paragem, além disso, estava demasiado calor, o sol tostava-nos a pele e a cabeça, os sacos do lixo amarelos no passeio estavam furados, cheirava mal, depressa sugeri à Beatriz caminharmos até à estação de metro, ao invés de esperarmos por um autocarro provavelmente apinhado de gente, ela aceitou a sugestão de bom grado e, de mão dada, afastámo-nos da paragem e da residência, não olhei para trás, saímos de Yeonhui rumo ao centro da cidade, estava calor, mas, com pouca roupa vestida, não nos era desagradável caminhar; de facto, era com o maior prazer que caminhávamos.

Apanhámos enfim o metro, a Beatriz anotara de antemão os nomes das linhas e das paragens no seu bloquinho, estava fresco na carruagem, durante a viagem falei-lhe de novo do Sr. Kim e da nossa deambulação frutífera por Seul, afinal, eu contribuíra para mais uma venda bem-sucedida, ela escutou-me, na central de camionagem não estava tão fresco, comprámos os bilhetes, por ali não havia nada a fazer, decidimos jantar cedo, num restaurante, apanhámos de novo o metro, deslocámo-nos até uma zona que nos era ainda desconhecida, nestas viagens urbanas perdia-se muito tempo, meia hora, quarenta minutos, uma hora, perder tempo era-me aprazível. Por um lado, havia muita pressão por parte dos ditos meus editores, por outro, havia também muita pressão na residência, à qual não desejava regressar antes do anoitecer, e concluí que a pressão dos ditos meus editores era mais suportável do que a pressão exercida pelo veterinário, porque os ditos meus editores estavam a milhares de quilómetros e isso levava a que não sentisse tanto a sua pressão.

Passeámos pelas cercanias do restaurante, em seguida entrámos no restaurante, degustámos a refeição, não consultei o telemóvel, ao terminar o jantar, comprámos algumas fatias de bolo para levar. Caminhámos lentamente até à paragem.

O autocarro estava quase vazio, tirei a mochila das costas, sentámo-nos lado a lado, a Beatriz encostou a cabeça ao meu ombro, o ruído do motor do autocarro embalou-nos, foi-nos difícil manter os olhos abertos, já escurecera, o autocarro ora acelerava ora abrandava, percorremos vias rápidas, pontes, viadutos, avenidas, as luzes passavam, fugazes, pelos vidros das janelas, o nosso reflexo distorcido corria pelos passeios, por entre os transeuntes, pensei em dar uma vista de olhos ao telemóvel, repeli tal ideia, por fim, não resisti, vi que horas eram, no telemóvel estavam registadas quatro chamadas não atendidas de um número português, enfiei o telemóvel no bolso, a Beatriz dormitou, tal era o silêncio no autocarro. Chegámos à paragem onde pretendíamos apanhar o metro, saímos do autocarro, descemos até à estação subterrânea, apanhámos o metro, apeámo-nos na estação mais próxima de Yeonhui.

A Beatriz preferiu, então, apanhar o autocarro até casa, ao invés de caminhar. Saímos na paragem da residência e fiz questão de a acompanhar até ao alto do morro. Passámos por uma das barraquinhas de hortícolas, o vendedor estava já a arrumar caixas na carrinha.

— Acho que vou comprar umas uvas para oferecer ao marreco. Foi simpático comigo — disse eu.

— Sim, foi — disse ela. — É uma boa ideia.

Chamei o vendedor, ele sorriu, fez-me um desconto pelas uvas, comprei também quatro melões coreanos, estavam em promoção, o homem queria fechar a barraca. Transportei o saco de plástico com a fruta na mão, subimos a ladeira, virámos à direita, a noite estava agradável, levantara-se uma brisa refrescante. Durante a ascensão das escadas, agarrei-me, ofegante, ao corrimão, parei um pouco num patamar.

No alto do morro, despedimo-nos com um beijo, confirmámos a hora de encontro, na paragem, na manhã seguinte. Desci o morro, caminhei com toda a calma até à residência, o portão estava fechado, mas não trancado, empurrei o portão, encostei-o, o cão, preso à casota, latiu, viu-me e deitou-se, afaguei-o, o porteiro espreitou pela janela, o outro porteiro estava agora de serviço, sorriu com metade da boca, acenei-lhe, o carro da Gyu-ri encontrava-se ainda estacionado no pátio, subi até à designada Casa Lótus, a luz da secretaria estava acesa, um dos quartos do primeiros andar estava iluminado, o jovem poeta deslocou-se atrás do estore, entrei no edifício, descalcei-me, abri a porta do meu apartamento, acendi a luz da sala, pousei no chão a mochila e o saco de plástico com a fruta, de onde tirei as uvas, iria lavá-las para as oferecer ao Kim, não era demasiado tarde para lhe bater à porta, o saco de pano continuava pousado na mesa, peguei no manuscrito da espanhola e, de pé, li as primeiras duas páginas, uma desilusão, era aberrante, não tinha como aproveitar aquilo. Se aproveitasse algum daquele material, seria a chacota nacional, o bobo da corte na minha assim chamada pátria, e nem sequer desejei retirar qualquer tipo de inspiração daquele manuscrito, temendo, pelo contrário, ser vítima de uma contaminação *irremediável*, assim, atirei o maço de folhas para o caixote do lixo, mais tarde devolvê-lo-ia ao apartamento, o melhor a fazer em nome da humanidade seria pô-lo no contentor da reciclagem, ir às traseiras da designada Casa Grou e atirar o maço, tal qual estava, para o contentor do papel e do cartão, ao invés de entrar na designada Casa Grou e pôr as folhas no apartamento da escritora espanhola, mas, para já, ficaria no caixote do lixo, depois ver-se-ia. Encontrava-me eu em tais ponderações quando bateram à porta. A Gyu-ri entrou, num ápice, na minha sala.

— Ai, Rodrigo, que confusão!

— O que é que aconteceu? — perguntei.

— Os sujeitos com quem você se dá…

— Os sujeitos com quem me dou? De facto!

A Gyu-ri fora acossada pelo veterinário, ela e todos os funcionários. Gerara-se uma algazarra, o veterinário exigira o pagamento do tratamento ao gato, mostrara-lhes o animal na transportadora, e papéis, muitos papéis. Ao início, na igreja, o pastor John e o Lennert haviam intercedido por mim, tendo acabado por ceder à tara infernal do veterinário algum tempo depois, porque o homem não parava de bater à porta da igreja, de punhos cerrados e ao pontapé, procurara-me pelas ruas e finalmente vira-me a sair da igreja e correr em direção ao metro, não lograra alcançar-me e exercera alguma violência sobre a porta da igreja. O pastor John compreendera a necessidade de se proceder a um reembolso, contudo, a residência literária nada tinha que ver com aquilo, os funcionários inquietaram-se, a comissão de avaliação do governo chegaria a qualquer momento e não poderia, de modo nenhum, tomar conhecimento do incidente, o veterinário correra de um lado para o outro, chegara ao ponto de incomodar o Sr. Kim, o marreco saíra para ver o que se passava e depressa desaparecera, escapulira-se para dentro da Casa Lótus, alguns visitantes dos jardins acercaram-se e observaram a contenda, tinham máquinas fotográficas e telemóveis, além de estar prestes a chegar, a comissão estava sempre atenta, os funcionários haviam conferenciado entre si, alguém propusera a criação de uma pequena sociedade temporária, todos os funcionários presentes ofereceriam os *won* que tivessem na algibeira ou na carteira, até perfazer o valor a quitar, porém, quase nenhum tinha trocos, um deles tinha a filha doente, o outro estava a poupar para as férias, e no fim a Gyu-ri deslocara-se até à caixa de levantamento mais próxima, na avenida principal, a mesma a que eu recorrera em mais do que uma ocasião, os três recém-chegados acompanharam-na, o veterinário de perto e com a transportadora na mão. Ela levantara dinheiro e pagara ao veterinário do seu próprio bolso, depois eles tinham-se ido embora.

Assim que terminou o relato, a Gyu-ri fechou a porta de entrada do apartamento e entrou no quarto, eu segui-a. Não acendeu a luz, eu também não, ela sentou-se na cama, sentei-me ao seu lado.

— Quanto lhe devo, Gyu-ri?

— Depois falamos sobre isso.

— Diga-me quanto pagou, tenho dinheiro comigo. Diga lá, se faz favor.

— Terei de ver mais tarde.

— Não se lembra?

— Prefiro confirmar com o recibo.

— Ele passou-lhe um recibo?

— Sim, passou. Tenho-o na secretaria.

— Vá lá buscá-lo, por favor. Dou-lhe já o dinheiro, ora veja — saquei da minha carteira, abri-a, mostrei-lhe as notas. — Veja.

— Calma, não é necessário.

— Mas veja!

— Está bem — ela olhou para as notas. — De qualquer maneira, paga depois. Quando voltar de Gyeongju.

— E se eu morrer na viagem?

— Que estupidez, não vai morrer na viagem. Paga-me quando regressar.

— Está bem.

Levantei-me, sentei-me de novo.

— Vou levar uvas ao Sr. Kim. Sabe, comprei umas uvas para o Sr. Kim — disse eu.

— Ah, sim?

— Sim. Vou oferecer-lhe uvas. Foi muito simpático comigo.

Tentei levantar-me, ela interpelou-me.

— Deixe-se estar, eu dou-lhas amanhã, digo que são uma oferta do Rodrigo.

Tanta gentileza, na Coreia do Sul as pessoas eram realmente simpaticíssimas. Continuei sentado, ela falou. Segundo ela, a minha namorada era muito bonita, vira-nos da janela, a minha namorada era deveras atraente, ela sentira alguns ciúmes ao vê-la, admitiu, sabia que não tinha esse direito, no entanto, o que sentira ao vê-la fora, sem dúvida, ciúmes.

— A sua namorada não sabe de nada, pois não?

— Sobre o quê?

— Sobre aquilo.

Não lhe respondi, perguntou-me se se podia refrescar no quarto de banho, pois ainda não fora a casa, não tinha sequer uma muda de roupa, pensara em aproveitar a oferta do detetive Mun, que, e tal como ela me havia contado antes, além de lhe oferecer proteção, também lhe permitiria *pernoitar* em sua casa, ele oferecera-se *repetidamente* para a acolher no seu domicílio, fá-lo-ia com todo o gosto, mas ela ainda não estava convencida de ser essa a melhor solução, porque embora fosse filho de mãe chinesa, o detetive Mun não deixava de ser sul-coreano, logo, não podia confiar nele por inteiro. Para mais, o detetive Mun era descuidado na apresentação.

— É que não tem mesmo apresentação nenhuma — disse ela.

— Sim, nunca o vi aprumado. Mas só o vi duas ou três vezes, e por pouco tempo — disse eu.

— Não tem nenhuma apresentação, juro. E já o vi tempo que chegue. Passou horas no nosso escritório.

Tem razão, assim não há como enganar.

— Acredite em mim.

— Acredito.

Ela levantou-se, foi ao quarto de banho, abriu a torneira, regressou com o rosto húmido.

— Importa-se que durma aqui, Rodrigo? Só esta noite.

— Vou acordar cedo, muito cedo — disse eu.

— Eu sei. Prometo não o incomodar.

Se ela prometia, por mim tudo bem. Não me opus à sua permanência, encolhi os ombros, ela levantou-se, eu também, entrámos na sala, ela não se dirigiu ao quarto de banho, abri o frigorífico, bebi um pouco de leite de soja.

— Gosto de si, Rodrigo — disse ela ao aproximar-se de mim.

— Eu também gosto de si, Gyu-ri.

— Muito?

— Bastante.

Que situação, um genuíno confrangimento. O ideal seria manter a cordialidade, ser gentil com ela e assim evitar, a todo o custo, o aumento da pressão, ou o surgimento de uma nova pressão sobre mim, pois então é que eu não aguentaria, e soçobraria.

— Posso confiar em si, Rodrigo. E há mais qualquer coisa. Qualquer coisa em si.

— Onde? Em cima de mim? Tire-a, Gyu-ri, tire-a!

— Não, não é em cima, é em si.

— Em mim? À minha volta? Onde? Não vejo nada, Gyu-ri, não vejo nada! Onde está a coisa? Na pele? — corri até ao espelho no quarto de banho. — O que me aconteceu? Céus, ligue para a minha seguradora, por favor.

— Para a sua seguradora, Rodrigo? Onde está o número? — gritou ela.

— Algures por aí, em cima da mesa. Entre os papéis, Gyu-ri, na mesa, um papel do seguro, a apólice. O seguro de saúde!

Ela vasculhou a mesa, atirou papéis ao chão, por pouco fazia o meu portátil tombar.

— Não o encontro, Rodrigo.

— Também não o consegue ver? Não vê? A Gyu-ri também?

— Eu consigo ver, sim, estou a ver.

— Mas não encontra o papel do seguro?

— Não sei ler português.

— Deixe-me cá ver.

Procurei o papel do seguro, não o encontrei, contudo, vi os outros papéis, a Gyu-ri começou a vasculhar o resto da sala, deu um passo na direção do caixote do lixo, eu detive-a ao tocar-lhe no braço, ela virou-se para trás.

— E espanhol, lê? — perguntei.

— Também não, Rodrigo. Nem consigo distinguir espanhol de português.

— Não consegue?

— Não. É grave?

— Não, na verdade é compreensível, perfeitamente compreensível.

Ela deu outro passo rumo ao caixote do lixo.

— Tem o caixote cheio — disse ela. — Quer que lho despeje?

A solicitude sul-coreana era infindável.

— Gosto dele assim, encho-o e depois despejo-o, deixe-o estar, não se incomode — respondi.

Ela não fez caso e deu outro passo em frente, pousou um pé numa das folhas de papel espalhadas pelo chão que haviam caído da mesa, desequilibrou-se, tentou apoiar-se na parede, eu sustive-a, amparei-a com os dois braços.

— Obrigada — disse ela.

— Não se incomode com isto — pedi-lhe, de novo.

— Tive uma tontura, apenas uma tontura — garantiu.

Impossível convencê-la de que escorregara num papel, teimou na sua teoria da tontura, ofereci-lhe uma caneca com água, aceitou-a, bebeu-a, foi para o quarto, sentou-se na cama, sentei-me ao seu lado, ela suspirou.

— O meu marido telefonou-me várias vezes durante o dia. Não atendi as chamadas. Nem uma única chamada — disse ela.

— Fez bem, Gyu-ri. Felicito-a por tão sábia decisão — congratulei-a, nada mais podia fazer, no fim de contas, era a minha supervisora, nada de a contrariar, havia que aguentar tudo na residência, não levantar ondas, eu tinha ali malas, computador, roupas, comida.

— Nem sempre tenho o telemóvel comigo — acrescentou.

— Claro, é compreensível.

— Acha?

Ela levantou-se, foi até à janela, de imediato voltou atrás.

— Tem aqui a mala da sua namorada — disse ela de indicador em riste.

Sentou-se, levantou-se de novo, abriu a boca, não disse nada. A Gyu-ri era uma mulher enigmática.

— Tenho de descansar — disse ela.

— Eu também.

Ela foi de novo ao quarto de banho, eu estava cansado, com sono, despi a camisola e as calças, fiquei apenas em roupa interior, deitei-me na cama. No chão é que eu não iria dormir, afinal, ela tinha uma cama em sua casa. A Gyu-ri apagou a luz da sala, reentrou no quarto, despiu-se, não me mexi, ela apoiou os joelhos e as mãos no colchão, passou por cima de mim.

— Quer que me sente para passar?

— Não se incomode — disse ela.

A Gyu-ri deitou-se no lado da janela, enfiou-se debaixo do lençol. Virei-me para a parede oposta. Saí da cama, fui ao quarto de banho, bebi água, tranquei a porta de entrada do apartamento.

Peguei no telemóvel, abri a caixa de e-mail. Enviei uma mensagem à Beatriz, disse-lhe que estava tudo bem. Recebera um e-mail do editor-chefe, que dizia *Liga-me o quanto antes, Rodrigo.* Tomei uma decisão e respondi-lhe com o seguinte e-mail: *Preciso de mais duas semanas. Três, no máximo. Estou doente.* E estava. Doente, combalido, extenuado.

Ativei o despertador para as sete da manhã, levei o telemóvel comigo, encostei a porta do quarto, o vulto da Gyu-ri discernia-se sob a luz que entrava pelo estore, pousei o telemóvel na mesa de cabeceira, em cima do livro da autora sul-coreana, deitei-me devagar e de rosto voltado para a porta, encolhi-me, o quarto não estava muito quente, puxei um pouco do lençol, para me cobrir, a Gyu-ri mexeu-se, senti o seu corpo quente, os seus pés frios. Como era possível ter os pés tão frios? O aquecimento estava desligado, é certo, o soalho frio. Os pés estavam, com efeito, frios, no entanto, seria conveniente não alimentar a minha fixação. Não lhe disse nada acerca dos pés frios, suportei-os em silêncio. Virei-me na cama, a Gyu-ri também, prendi os seus pés entre as minhas pernas.

— Está tão quente, Rodrigo.

— Sim, estou, é verdade.

— Nunca descalça as meias?

— Só para tomar banho.

Fez-se silêncio, apertei-lhe ainda mais os pés entre as pernas, ela espirrou, salpicou-me a cara, pediu-me desculpa, depois começou a chorar.

— O que se passa, Gyu-ri? Apertei-lhe demasiado os pés?

— Não — disse ela entre soluços.

— Então, porque é está a chorar?

— Estou preocupada.

— Com a comissão?

— Sim.

— Por causa da escritora espanhola?

— Não, não! Ela já apareceu.

— Já apareceu? — disse eu, e sentei-me na cama.

— Sim. Deite-se, Rodrigo, deite-se. Olhe a corrente de ar.

De facto, a entrada de ar na cama era de evitar se queria aquecer-lhe os pés. Deitei-me de novo. Instei-a a explicar-me o que acontecera, onde tinham encontrado a Rute Gorigoitia, se na praia ou numa valeta. O detetive Mun telefonara-lhe antes do meu regresso à residência e durante a visita da comissão, ligara-lhe para o escritório e avisara-a de que haviam encontrado a escritora espanhola em Jeju, desorientada e estendida ao comprido num jardim. Pelos vistos, consumira um misto de substâncias ilegais, suspeitavam que as consumira em Busan e continuara a consumi-las no *ferry* entre Busan e Jeju, e que depois as consumira também em Jeju, e todo esse consumo de substâncias ilegais afetara-lhe a consciência a ponto de não saber onde estava nem quem era, levando-a também a perder os documentos e a mala com as roupas e o dinheiro.

— Que situação, Rodrigo.

— Sim, que situação.

— Pelo menos a comissão não chegou a saber de nada. Mas podem cortar-nos fundos.

Notícias terríveis, de facto.

— Não se preocupe em vão, Gyu-ri. Não se precipite, falta saber se vão mesmo cortar os fundos.

— Tem razão — respondeu.

Fez-se novo silêncio, senti os seus pés nas minhas costas.

Então, ela disse-me que, em pequena, tinha medo do escuro, continuou a falar, alguém abriu a porta principal do edifício, o som musical do código de abertura ecoou na noite serena, a Gyu-ri retomou a conversa, falou sobre a sua família e sobretudo do marido, nunca mais o queria ver, e aos outros homens sul-coreanos só os via porque era sul-coreana e residia e trabalhava na Coreia do Sul.

Confessou-me que não parava de falar porque receava o silêncio, para ela, o silêncio entre pessoas era aterrador, o silêncio na solidão era suportável e até expectável, não obstante, o silêncio entre duas ou mais pessoas era horripilante, sobretudo entre duas pessoas, nesse caso, o silêncio era sobremaneira assustador e insuportável, por isso, não lograva calar-se, falava demasiado, como naquela ocasião. Era óbvio que eu queria dormir, no fundo, ela também, estávamos exaustos, pelo menos parecia-lhe que eu estava exausto, não tinha a certeza, porém, juraria que sim, e ela estava, sem dúvida, exausta, portanto, o silêncio entre duas pessoas era-lhe insuportável, mas, em simultâneo, a quebra do silêncio por uma só pessoa era no mínimo confrangedora, para não dizer bizarra. Por fim, calou-se.

— Garante-me que entrega as uvas ao Sr. Kim? — perguntei, alguns minutos depois.

A Gyu-ri sobressaltou-se, todo o corpo lhe estremeceu.

— Garanto — disse ela.

— Talvez seja melhor ir ao apartamento dele agora, ainda não é assim tão tarde.

— Parece-me má ideia — disse ela.

— Mas não vai contra as normas da residência — retorquí.

— Não, só não é de bom tom. Aqui na Coreia não é de bom tom. A esta hora não.

— Ele foi tão simpático comigo.

— Eu entrego-lhas amanhã — murmurou ela.

Tranquilizou-me, tentei adormecer, dei uma volta na cama, uma segunda volta na cama, estava a formar-se uma ideia literária na minha mente, uma associação de pensamentos e episódios, uma ideia interessante, estiquei o braço para anotar um esboço da ideia, encontrei apenas o livro que andava a ler e o telemóvel, nada de caderninho. Pensei em levantar-me, ir à sala e anotar a ideia num papel, não me levantei de imediato, hesitei, a Gyu-ri mexeu-se na cama, abafou um suspiro, mexeu-se de novo, cheirava bem.

XIII

Levantei-me, o despertador ainda não tocara, peguei no telemóvel, eram quatro da manhã, virei-me para a janela, a Gyu-ri dormia de boca aberta, respirava, estava viva, aproximei o meu rosto do dela a fim de o confirmar, o seu hálito continuava a ser desagradável, não fosse ter muito com que me ocupar e comprar-lhe-ia uma escova de dentes e um tubo de pasta dentífrica. Conquanto tivesse levado, de Portugal, uma escova de dentes e pasta dentífrica suficiente para toda a estadia na Coreia do Sul, deslocar-me-ia de bom grado a um supermercado com o intuito de comprar uma escova de dentes e pasta dentífrica para a Gyu-ri. No meu caso, a Beatriz certificara-se de que eu tinha na mala a minha escova de dentes e também pasta dentífrica suficiente, assim não teria de procurar uma escova em Seul, e sobretudo não teria de perder tempo a tentar decifrar os rótulos dos tubos de pasta dentífrica.

Pensei na Beatriz, presumi que estivesse a dormir e, por conseguinte, a repulsa por mim mesmo aumentou. Ali estava eu, a pensar em comprar uma escova de dentes à Gyu-ri, e a Beatriz a dormir no alto do morro, a centenas de degraus de altura... degraus de cimento... separavam-nos ruas asfaltadas, blocos de prédios, passeios aos altos e baixos, com aquários repletos de peixes e bacias com amêijoas e mexilhões, ela era forte, subia e descia o morro sem cessar, emalava escovas de dentes e peças de roupa, eu continuava prostrado, estendido na cama em posições indecorosas, sujeito a um bafo um tanto quanto pestilento e, o que era pior, sem ter escrito nada. Ah, a desonra. Havia que agir.

Desci da cama com cuidado, peguei no telemóvel e nas minhas roupas, saí do quarto, encostei a porta, bebi um pouco de água da torneira e acendi a luz da sala.

Sentei-me para trabalhar, era chegado o momento de terminar com aquela pouca-vergonha, liguei o computador e abri um documento novo. No entanto, verifiquei a caixa de e-mail, os ditos meus editores haviam-me respondido, ambos tinham assinado o e-mail, tanto o editor-chefe quanto o assistente editorial, os ditos meus editores acusaram a receção do e-mail e desejaram-me as melhoras, asseveraram-me que não havia problema em alargar o prazo de entrega, convinha não demorar mais do que um mês a entregar o original, um mês seria compreensível, mais do que isso não, conseguiriam aguentar a pressão durante três semanas ou um mês, teriam de adiar o lançamento do livro, ficariam numa posição delicada, no entanto, mostraram-se compreensivos, iriam antecipar a publicação de outros livros, uma vez que não tinham como publicar o meu romance, por que muito ansiavam, a situação era sobremaneira complicada, contudo, aguentariam a pressão por mim, diabo, eles sofriam atrozmente, publicavam livros sob pressão, antecipavam edições, não deviam dormir de tanta ansiedade, queriam ler o meu romance, eram simpáticos, pegavam ao trabalho às onze da manhã com o fervor de quem aguarda um livro meu, saíam do serviço às três da tarde esgotados e abatidos por lhes verem negada a possibilidade de ler a minha nova obra-prima, preocupavam-se comigo, sugeriram-me, inclusive, e mais uma vez, que, ao invés de escrever uma epopeia com centenas de personagens e uma história de amor bonita, tentasse apenas escrever uma obra de autoficção, esse era o género que estava em voga, e eu disse cá para comigo que aquilo, sim, era um bom conselho dos ditos meus editores, haviam perdido horas de vida a aperfeiçoar uma ideia tão esplêndida e ofereciam-ma assim, pronta e gratuita, fiquei-lhes grato, fechei o e-mail e fitei a página em branco do documento.

Não escrevi nada durante meia hora, fiz uma pausa de cinco minutos, concentrei-me e continuei a não escrever nada. Nisto se passou quase uma hora.

Depois, resgatei o maço de folhas da espanhola do caixote do lixo, sentei-me, bocejei ao reler as três primeiras páginas, esforcei-me nas duas seguintes, à sexta página comecei a despertar e a achar a leitura um pouco mais agradável, cheguei rapidamente às quarenta páginas e então pensei que preferia não ler mais nada, porque aquilo era, de facto, medíocre, para não dizer péssimo, exaltei-me, fiz uma pesquisa na Internet e descobri que a escritora espanhola, além de estar a usufruir de uma bolsa na residência, vivia exclusivamente da escrita há vários anos, na verdade, era pouco mais velha do que eu e *sempre vivera* da escrita, e aquilo é que eu não podia aceitar. Aceitaria com dificuldade que fosse escritora e escrevesse algo tão mau quanto aquilo; também aceitaria com dificuldade que sempre tivesse vivido da escrita e de nada mais. No entanto, que sempre tivesse vivido e ainda vivesse exclusivamente da escrita e escrevesse algo tão mau quanto aquele manuscrito é que eu não podia aceitar de maneira nenhuma. Bati com o maço de folhas na mesa, bebi água no quarto de banho, regressei à mesa e ao computador.

Consultei um jornal online. Na página inicial, deparei-me com três notícias em destaque. Numa delas, breve, dava-se conta do número inusitado de cadáveres de alpinistas que surgiam, nos últimos tempos, no Evereste. Os cadáveres, por vezes sepultados no gelo e na neve há décadas, apareciam agora porque os glaciares estavam a derreter a uma *velocidade impressionante*; num outro artigo, e esse era o que tinha mais destaque, anunciava-se a grandiosa inauguração, num museu de arte contemporânea, de uma exposição de um artista plástico conhecido por criar obras de arte com porcos dissecados, aliás, as suas obras de arte consistiam tão-só em porcos dissecados e dispostos nas mais variadas posições. Na inauguração da exposição estariam presentes vários membros do governo, e os responsáveis pelo Ministério da Cultura haviam já prometido comprar toda a coleção do artista exposta naquele museu de arte contemporânea, uma coleção avaliada em *centenas de milhares de euros*; e a terceira notícia, a mais curta, não passava de um apanhado de testemunhos de pessoas que, perante a vaga de calor, iam à praia em maio. Algumas iam à praia inclusive *desde março*, e esperavam que a época balnear se prolongasse alguns meses.

Saí do site do jornal, olhei para a folha em branco e fechei o documento e, logo em seguida, desliguei o computador, vesti-me, enfiei o telemóvel no bolso, peguei no manuscrito da Rute Gorigoitia, apaguei a luz da sala, abri a porta de entrada muito devagar, fechei-a, guardei a chave no bolso, calcei-me no átrio, saí, desci as escadas e dirigi-me às traseiras da designada Casa Grou. O cão não saiu da casota, não ladrou, não estava ninguém nos jardins nem no pátio. Arrefecera bastante, o carro da Gyu-ri continuava estacionado sob o álamo coreano.

Atirei o manuscrito da espanhola para dentro do contentor de reciclagem de papel e regressei à Casa Lótus e ao meu apartamento.

— Rodrigo? — disse, do quarto, a Gyu-ri quando entrei na sala.

— Sim, sou eu — e dirigi-me ao quarto; ela estava deitada, esticou-se e acendeu o candeeiro da mesa de cabeceira.

— Saiu? Ouvi a porta abrir-se e vi que não estava aqui, mas não me levantei. Aonde foi?

— Apanhar ar.

— Esteve a escrever?

— Sim.

— Muito?

— Sim. Escrevi tanto quanto isto — afastei o indicador do polegar cerca de um centímetro.

— Fantástico!

Deitei-me na cama e apaguei a luz.

— Não se vai despir? — perguntou ela.

— Entretanto tenho de tomar banho para me ir embora.

— A que horas sai?

— Às sete e meia.

Ela calou-se, mexeu-se na cama, a cama era apertada, ao mexer-se, não tinha como não tocar em mim, rebolou, quase me atirou ao chão.

— Quero dizer-lhe uma coisa, Rodrigo.

— Espero que não queira dizer-me que me ama.

— Oh, não.

— Ainda bem.

Ela virou-se de novo, eu na cama já só tinha as pernas, a cabeça estava dependurada, os braços tocavam o chão.

— Estamos a organizar um festival literário para o próximo ano. Podemos convidar dois autores estrangeiros, e pensei em convidá-lo, Rodrigo.

— No próximo ano?

— Sim. E então, que lhe parece?

— Parece-me bem — e encolhi os ombros. Então era assim que se faziam as carreiras literárias. O mistério deslindava-se.

— Pode ficar alojado na residência — acrescentou.

— Terei todo o gosto.

Ela virou-se para a janela, suspirou, olhei para o teto, fitei o perfil da Gyu-ri, suspirei. Então, falei. Quando me apercebi, estava já a formar uma frase.

— Não sei ao certo, mas talvez vá ter um filho — disse eu.

— Como disse? — perguntou.

— Disse que talvez vá ter um filho. A minha namorada provavelmente está grávida.

A Gyu-ri levantou-se com um salto.

— Não são permitidos filhos na residência! É só para escritores, só para escritores. Tentamos proporcionar um ambiente sadio e ótimo para a criação literária. Os filhos são proibidos, vão contra as normas.

A Gyu-ri ficou furibunda, acendeu e apagou a luz diversas vezes, abriu e fechou a porta do armário, pôs a água da torneira a correr. Era uma mulher com brio no trabalho, respeitadora das normas.

— Não se exalte, Gyu-ri.

Ela bufou, disse que eu era um chauvinista e começou a vestir--se. Ao ver que não lhe respondia nem saía da cama, onde estava deitado, deu-me duas punhadas no peito.

— Não diz nada? Seu porco!

Acabou de se vestir, correu até à porta de entrada do apartamento.

— E pensei que se dava mal com a sua namorada — gritou.

— Só às vezes.

Esperei que regressasse ao quarto, regressou.

— E, se ela estiver grávida, não deve ir a Seoraksan, é uma subida muito íngreme, é demasiado esforço, ouviu?

Foi-se embora, bateu com a porta. Logo a reabriu, entrou.

— Vou levar as uvas comigo, para que não se estraguem — disse ela.

— Dê-as ao Sr. Kim.

— Sim, para que não se estraguem.

Bateu de novo com a porta, as paredes estremeceram.

Dormitei um pouco, o despertador tocou, levantei-me, despi as roupas sujas, tomei banho, comi alguma coisa, tirei os guardanapos da mochila, acabei de preparar as roupas para a viagem, guardei na mochila o carregador de telemóvel e os produtos de higiene que levaria para Gyeongju.

Às sete e um quarto, saí do apartamento, tranquei-o, o Sol estava ainda baixo e encandeou-me ao sair da Casa Lótus, o carro da Gyu-ri continuava estacionado sob o álamo coreano, havia uma luz acesa na secretaria, atravessei o pátio, o cãozinho saiu da casota, espreguiçou-se, abanou a corda, baixei-me, afaguei-o, o portão estava fechado, introduzi o código no aloquete e abri-o, encostei o portão, o cão abanou a cauda, acenei-lhe, virei-lhe costas, desci a rua até ao cruzamento com a avenida, a Beatriz ainda não estava lá, faltavam alguns minutos para a hora marcada, comecei a subir a ladeira, caminhei ao seu encontro, avistei-a junto a alguns sacos do lixo amarelos, esperei que me alcançasse, trazia uma mochila às costas e arrastava uma malinha de rodas com cerca de quarenta centímetros de altura, demos um beijo, agarrei na malinha pela pega, arrastei-a pelo passeio esburacado e aos altos e baixos, caminhámos em direção à paragem, ela dormira bem, já tinha comido, o autocarro que acabara de parar não era o que desejávamos apanhar.

— Vai ser difícil escolher um nome — disse a Beatriz.

— Hã? — disse eu.

— Escolher um nome para o nosso filho. Ou filha. Se eu estiver grávida, claro.

— Claro.

Outro autocarro parou, ainda não era o nosso.

— Sofia seria um bom nome para menina — afirmei.

— Sim, não seria mau. Se for rapaz, não vai ser tão fácil — respondeu.

— Pois não — confirmei.

— Bem, pensamos nisso quando tivermos a certeza. Até lá...

— Até lá, não vale a pena — disse eu.

— Trouxeste o teste? — perguntou.

— Sim.

Então, chegou o nosso autocarro, entrámos, aproximámos os cartões de transporte do leitor eletrónico, ela sentou-se, eu mantive-me de pé, segurei na malinha com rodas, entraram mais passageiros, o autocarro arrancou, seguiu pela avenida, virou à direita, parou nos semáforos.

Eram já muitos os transeuntes nas ruas, corriam pelos passeios, os carros buzinavam, o autocarro arrancou, acelerou, abrandou, parou.

Eu curvei-me e disse à Beatriz que não queria continuar a escrever, nada mais havia a dizer, na verdade, bastava pensar em escrever, no ato físico de escrever, sentado ao computador ou com folhas diante de mim, para me sentir indisposto e triste, primeiro sentia uma intensa dor no pescoço, em seguida no estômago, a dor depressa se propagava por todo o corpo, e assim é que eu não desejava passar o resto da minha vida.

Sugeri-lhe regressarmos à Noruega e arrendar um casebre nos fiordes ou na floresta, eu podia trabalhar de novo como cozinheiro ou abrir um negócio de distribuição de hambúrgueres e croquetes de lentilhas, ela olhou pela janela, a ideia agradou-lhe.

AGRADECIMENTOS

Persistir requer um grande esforço mental. E físico. Quero, por isso, agradecer a:

João Moita, um editor que de facto lê e que acredita neste livro.

Rute Mota, a *não-agente* que não desistiu deste livro.

Aos leitores e leitoras que me têm apoiado.

À minha avó, que morreu durante a revisão deste romance e que em parte foi responsável por quem sou.